吴 思 著

中国历史中的真实游戏

修订版

复旦大学出版社

目 录

出版说明 …………………………………… 1
修订版序言 ………………………………… 1
自序：关于"潜规则"和这本书 …………… 1

 正 编

身怀利器 …………………………………… 3
老百姓是个冤大头 ………………………… 16
第二等公平 ………………………………… 28
当贪官的理由 ……………………………… 40
恶政是一面筛子 …………………………… 52
皇上也是冤大头 …………………………… 67
摆平违规者 ………………………………… 85
论资排辈也是好东西 ……………………… 113
新官堕落定律 ……………………………… 130
正义的边界总要老 ………………………… 142
官场传统的心传 …………………………… 151
晏氏转型 …………………………………… 157

崇祯死弯——帝国潜规则的一个总结 ············ 165

有关潜规则的定义 ····························· 193

杂 编

笑话天道 ······································ 197

古今中外的假货 ······························· 208

我们的人格理想 ······························· 212

理解迷信 ······································ 222

代后记：农民与帝国 ···························· 232

附 录

《新周刊》：潜规则十周年专访吴思 ············ 251

吴思《洋人的"权利"，我们的"分"》（提要）······ 270

出版说明

　　吴思先生所著《潜规则——中国历史中的真实游戏》出版于2001年。在这部以历史为解读对象的著作中,作者以亦雅亦俗、亦庄亦谐的写作方式,叙述了历史上值得人们思考的大大小小的无数案例,在生动、有趣地讲述官场故事的同时,作者透过历史表象,揭示出隐藏在正式规则之下、实际上支配着社会运行的不成文的规矩,并将其名之曰"潜规则",进而指出潜规则的产生在于现实的利害计算与趋利避害。书中对于潜规则的定义、特征,潜规则阴影下皇帝、官员、百姓的不同处境与抉择,潜规则盛行的社会土壤,以及潜规则何时会萎缩,均有论述。潜规则现象产生、盛行于我国的封建社会,但它一时还难以消失,只有加强社会主义民主,健全社会主义法制,才能最后根除潜规则。

　　《潜规则》一书问世之后,海内外产生广泛影响。最近作者对该书作了补充、修订,使其内容更丰富,观点更明确,值得重读。为此,我社征得吴思先生同意,正式出版《潜规则——中国历史中的真实游戏》修订版,冀望给人以启迪。

复旦大学出版社
2009年2月1日

修订版序言

本书的第一版,由云南人民出版社于2001年1月出版发行。这次修订撤掉了杂编中的两篇文章:《造化的报应》和《探究雷锋》,增加了三篇文章:《有关潜规则的定义》、《正义的边界总要老》,以及一篇关于潜规则概念的访谈。

第一版的开篇处,有一段关于"潜规则"的说明,这次不再收入,节录如下:

"在中国历史上的帝国时代,官吏集团极为引人注目。这个社会集团垄断了暴力,掌握着法律,控制了巨额的人力物力,它的所作所为在很大程度上决定着社会的命运。

"对于这个擅长舞文弄墨的集团,要撇开它的自我吹嘘和堂皇表白,才能发现其本来面目。在仔细揣摩了一些历史人物和事件之后,我发现支配这个集团行为的东西,经常与他们宣称遵循的那些原则相去甚远。例如仁义道德,忠君爱民,清正廉明等等。真正支配这个集团行为的东西,在更大的程度上是非常现实的利害计算。这种利害计算的结果和趋利避害的抉择，这种结果和抉择的反复出现和长期稳定性，分明构成了一套潜在的规矩，形成了许多集团内部和各集团之间在打交道的时候长期遵循的潜规则。这是一些未必成文却很有约束力的规矩。我找不到合适的名词，姑且称之为潜规则。"

第一版出版后，我对潜规则的认识又有深化，补写了一篇《潜规则的定义》，收在《血酬定律》里，这次移了过来。

《正义的边界总要老》为潜规则勾勒了一幅正式法规变迁的背景，又未曾收入《血酬定律》，也收入本书。

在"潜规则"概念问世十周年之际，《新周刊》的主编采访了我，追问这个概念诞生的经过和随后的进展。本书编辑提议将访谈录附于书后。

我愿意以此作为向读者的汇报。

吴思
2008 年 10 月 22 日

自序：关于"潜规则"和这本书

"潜规则"是我杜撰的词。我还想到过一些别的词，例如灰色规则、内部章程、非正式制度等等，但总觉得不如"潜规则"贴切。这个词并不是凭空杜撰出来的，它来源于我的一段生活经历。

多年前，我在《中国农民报》（现在叫《农民日报》）当编辑记者，经常阅读群众来信。有一封来信说，河南省开封地区的农业生产资料部门的领导人大量批条子，把国家按计划分配供应的平价化肥批给了自己的私人关系。他们的"关系"又将平价化肥高价转卖，转手之间，关系就生出了暴利。其实这就是后来人们见怪不怪的利用双轨制牟利问题，当然违反国家的正式规定，只是禁止不住。政府强行压低化肥的市场价格，凭空制造出一大块利益，这利益名义上属于农民，实际上却掌握在官员手里，官员们便依照自身的利害关系计算将这块利益分了。当时我刚从大学毕业不到一年，不懂这些道理，见到这等坏事，立刻像堂·吉诃德见了风车一样亢奋起来,在想象中编织出大量的丑恶交易,编排出自己追根寻源、智斗邪恶、锄暴安良的英雄故事。我急不可耐地邀了两位同事下去调查。

使我惊讶的是,那些我以为应该掩藏起来的类似贼赃的条子,居然都保存完好,就像机关衙门里的公文档案,内部人似乎也没有见不得人的担心——你想看吗?请吧,这有一大摞呢。而且,哪一层可以批出多少"条子肥",每一层中谁有权力批多少条子,圈子之外的哪个领导的条子有效,哪个领导的条子不灵,这一切都是有规矩的。这些显然不符合明文规定的事情,内部人竟安之若素,视为理所当然。在采访将近结束的时候,我明白了一个道理,就是中国社会在正式规定的各种制度之外,在种种明文规定的背后,实际存在着一个不成文的又获得广泛认可的规矩,一种可以称为内部章程的东西。恰恰是这种东西,而不是冠冕堂皇的正式规定,支配着现实生活的运行。

"恰恰是……而不是……"这种句式可能比较偏激,但这么说至少有局部的事实作为依据。在政府的正式规定中,供应给农民的几乎都是平价化肥,它与农民平价交售的棉花和小麦挂着钩,所以也叫挂钩肥。而我们采访小组调查了将近一个月,竟然没有见到一位承认买到平价化肥的普通农民。从中央到地方的每一级资源控制者都会开出条子,从平价肥当中切出一块给自己的什么人。这就好像一条严重渗漏的管道,还没有到达百姓厨房,管道里的水就被截留干净,厨房的水龙头竟拧不出一点一滴。那么,滋润这个社会的究竟是什么?是正式管道还是推着水车叫卖的水贩子?

后来,我们把这次追踪报道出来了,当时的影响也不算小,商业部和中纪委还专门发了通知,重申正式制度。几个月后,商业部和中纪委派联合调查小组去开封调查处理此事,当我作为小组成员跟着下去调查的时候,我再次惊讶地发现,条子仍然在批,与我们报道之前毫无区别。这就是说,当地政府和农业生产资料供应部门的上级领导,并没有把我们报道的现象当问题。他们明明知道了也不去管——原来他们不管并不是因为不知道。官方理论中的领导显然不应该这样,这又是一种潜规则。

长话短说。我跟踪此事达数年之久,明白了一个道理:这不是我最初想象的道德善恶问题,我面对的是大多数人处于一种利害格局中的寻常或者叫正常的行为,它基于大家都可以理解的趋利避害的现实计算。不触动这种格局,报道或调查通报乃至撤职处分,说好听点也不过是扬汤止沸,在我的个人经验中,由于扬汤的勺子太小太少,连止沸也办不到。后来,真正解决这个问题的,是化肥供应增加,政府退出,市场放开,现在化肥供求起伏波动,时常过剩,市场的供求规则取代了官场潜规则。

化肥分配规则的演变和我的认识过程至此告一段落。但我隐隐约约地感到,潜规则在中国历史上源远流长,追究下去一定会有许多很有意思的发现。

几年前我脱离了官方单位,可以比较自由地支配时间了,便重新拣起了这个念头,不久就开始读明史。我在上大学的时候读过《史记》,就好像看小说一样,遇到没故事的"表"和"志"便跳过去。当记者后啃过《汉书》和《后汉书》,完全被乱七八糟的人名和事件淹没了,感觉昏昏欲睡。我还赶时髦读过《资治通鉴》,读到后汉时就痛苦不堪,半途而废了。出乎意料的是,心里存了个"潜规则"的念头,再读起历史来居然津津有味,满目混沌忽然眉目清楚,我也一发而不可收拾。于是就跟朋友鼓吹读史心得,又被朋友撺掇着写下了这些文章,随写随发,渐渐也有了一本小书的篇幅。我明白,不同动物眼中的世界是不一样的,透过不同眼镜看到的世界也是不一样的。这些文章描绘的就是我戴上"潜规则"的眼镜后看到的中国官场及其传统。

这些随笔大体都在讲"淘汰清官",解释清官为何难以像公开宣称的那样得志得势,为何经常遭遇被淘汰的命运,以至青天大老爷竟成为我们民族梦的一部分。"淘汰清官"只是我能排列出来的官场潜规则之一,其下层有许多小一号的潜规则的支撑。"淘汰清官"的上下左右还有许多大大小小的潜规则,那是我以后要继续写的。回头看去,现有的这十三篇随笔,可以整理出如下结构:

讲官吏与老百姓的关系:《身怀利器》、《老百姓是个冤大头》、《第二等公平》;

讲官吏与上级领导包括与皇上的关系:《当贪官的理由》、《恶政是一面筛子》、《皇上也是冤大头》;

讲官场内部的关系:《摆平违规者》、《论资排辈也是好东西》;

把几种关系混在一起讲:《新官堕落定律》、《正义的边界总要老》、《官场传统的心传》、《晏氏转型》;

总结:《崇祯死弯——帝国潜规则的一个总结》。

目录就是按照这个结构排的。

本书还附了几篇"潜规则"之外的文章。"潜规则"在明朝的一个近义词是"陋规",写多了这种东西,人也容易显得"陋",满脑袋利害计算,算的还都是陈年老账,全不知今夕何夕,更不知道精神和理想为何物。我不想给读者留下这种印象,希望本书和作者的模样丰满一些,便加了几篇杂七杂八的文章,其中还谈到人格理想。谈人格理想的文章写得比较早,如果现在动笔,用冯友兰先生"极高明而道中庸"的标准衡量,自以为还能高明一些,关于"迷信"的那篇文章可以提供一点佐证。

正　编

　　收入本书的这些随笔,大体都在讲中国传统社会是如何"淘汰清官"的,解释清官为何难以像公开宣称的那样得志得势,为何经常遭遇被淘汰的命运,以至青天大老爷竟成为我们民族梦的一部分。

身怀利器

张居正总结说：人们怕那些吏，一定要贿赂那些吏，并不是指望从他们手里捞点好处，而是怕他们祸害自己。

合法地祸害别人的能力，乃是官吏们的看家本领。这是一门真正的艺术，种种资源和财富正要据此分肥并重新调整。

1

张居正大概是明朝最能干的大臣了。他深知官场上的种种弊端和权谋，圆熟地游刃其间，居然凭一己之力完成了明朝的中兴大业。如此高明的先生讲述大官怕小吏的官场故事，必定大有深意，不可不听。

张居正说，军队将校升官、论功行赏，取决于首级。一颗一级，规定得清清楚楚。从前有个兵部（国防部）的小吏，故意把报告上的一字洗去，再填上一字，然后拿着报告让兵部的官员看,说字有涂改,按规定必须严查。等到将校们的贿赂上来了,这位吏又说,字虽然有涂改,仔细检查贴黄,发现原是一字,并无作弊。于是兵部官员也就不再追究。张居正问道:将校们是升是降,权力全在这个小吏的手里,你不贿赂他能行吗?

这个故事有个时代背景:当时将校们很少有不冒功的。号称斩首多少多少,其中多有假冒。追究起来,他们砍下来的很可能是当地老百姓的脑袋,所谓滥杀无辜。如果没人较真,这些脑袋就是战功,大家升官发财,万事大吉。如果有人较真,这些脑袋就可能成为罪证,这帮将校罪过不小。所以,将校的命运确实在相当大的程度上掌握在那位小吏的手里,尽管他的官未必及得上人家手下的一个排长。

张居正总结说:人们怕那些吏,一定要贿赂那些吏,并不是指望从他们手里捞点好处,而是怕他们祸害自己[①]。

合法地祸害别人的能力,乃是官吏们的看家本领。这是一门真正的艺术,种种资源和财富正要据此分肥并重新调整。

明朝小说《二刻拍案惊奇》卷二十,就讲了一个县太爷运用这种艺术剥刮财主的故事。故事说,武进县一位叫陈定的富户,有一妻一妾。妻姓巢,妾姓丁,两个人闹气,巢氏呕气生病死了。邻里几个平日看着他家眼红的好事之徒,

---

① 参见张居正:《张太岳集》卷十八,杂著。转引自《明代政治制度研究》,关文发、颜广文著,社会科学出版社,1996年5月第2版,页251。

便撺掇死者的兄弟告官,宣称人死得不明不白,要敲陈定一笔。死者的兄弟很乐意跟着敲一笔,便和那几个泼皮讲好了,由他们出面,他躲在暗处作手脚,敲出钱来对半分。

故事说:

> 武进县知县是个贪夫。其时正有个乡亲在这里打抽丰,未得打发。见这张首状是关着人命,且晓得陈定名字,是个富家,要在他身上设处些,打发乡亲起身。立时准状,金牌来拿陈定到官,不由分说,监在狱中。

请注意这里的选择空间:首先,这状子是可准可不准的;其次,准了之后拿来问讯,对陈定的申辩也是可听可不听的。在这两个具有合法选择空间的关口,那位知县全选择了最具伤害性的一头:"立时准状"、"不由分说",而且谁也不能说他这样做出了格。我是法学方面的外行,不知道应该如何称呼这种合法伤害别人的选择权,姑且称之为"合法伤害权"。

却说陈定入了狱,赶紧托人把妻弟请来,让他各方打点。破费了几百两银子,各方都打点到了,特别是县太爷的那位打秋风的老乡满意了,替陈定说了好话,果然就放了陈定。这次释放更充分地体现了"合法伤害权"或者倒过来叫"合法恩惠权"的橡皮筋一般的特性。

没想到那位妻弟嫌自己赚得不足,又追上了那位知县的老乡,把贿赂他的四十两银子强讨了回来。四十两银子折算为现在的人民币,少说三四千,多说一两万,显然也值得一追了。奈何他低估了合法伤害权的伸缩性。知县听说此事后，勃然大怒，出牌重新问案，并且以"私和人命"的罪状捎上了陈定的妻弟。该妻弟立刻出逃。

故事说，陈定和妾丁氏被重新拿到官府后，"不由分说，先是一顿狠打，发下监中"。然后下令挖墓验尸，要查查那位亡妻的死因到底是什么。同时召集当地各方人等，一边验尸，一边调查了解情况。"知县是有了成心的，只要从重坐罪，先吩咐仵作(法医)报伤要重。仵作揣摩了意旨，将无作有，多报的是拳殴脚踢致命伤痕。巢氏幼时喜吃甜物，面前的牙齿落了一个，也做了硬物打落之伤。竟把陈定问了斗殴杀人之律，妾丁氏威逼期亲尊长致死之律，各问绞罪。陈定央了几个分上来说，只是不听。"

这案子本来已经算完了，如今，知县要报复，竟可以把两个人重新问成死罪。可见一位知县合法地祸害他人的能力有多强。当时的人们对这种能力十分敬畏，把知县称为"灭门的知县"，又称"破家县令"。最后，这位知县果然叫陈定破了家。丁氏见两个人都活不成，干脆把罪过全揽在自己身上，写了供状，然后在狱中上吊自杀，这才了结了这桩案子。

细品这个故事中的利害关系，我们发现当事双方承担的成本或风险极不对称。武进知县的所作所为都是在执法的旗号下进行的，只要他发句话，国家的暴力机器就按照他的意愿开动起来，并不用他个人破费一文钱。对付上边的审核,他有法医证据的支持,应当说风险极小。他这种进退自如的处境,用古代民间谚语的话说,叫作"官断十条路"——案情稍有模糊之处,官员的合法选择就有十种之多。怎么断都不算错。与进退自如的知县相反,陈定的小命却完全捏在人家的手心里。他面临着被绞死的风险。即使能侥幸保住性命,坐牢、丧妾、挨板子、耽误生意,这些损失注定是逃不掉的。

这就好比美国人面对伊拉克。美国有巡航导弹,能够随心所欲地炸人家的总统府或任何找得到的地方。你随时随地可以打人家,人家却打不着你。这正是"利器"的妙用。掌握了这样的利器,谁还敢惹你生气?你又怎么能不牛气冲天?中国民间有句老话,叫作"身怀利器,杀心自起"。在如此实力悬殊的战争中,自己最多不过蹭破点皮,俘获的却是众多的子女玉帛,这样的仗自然就特别爱打,也特别能打。官吏们要顶住多打几仗的诱惑,很有必要定力过人。

2

无论正式规定是怎么样的,掌握了合法伤害权的人就是牛气得要命。在他们的眼睛里,老百姓形同鱼肉。我们的祖先也就以"鱼肉百姓"一词来形容这些人和老百姓的关系。

据《竹叶亭杂记》①记载,清代的四川有一种流行甚广的陋规,名叫"贼开花"。每当民间发生盗窃案件,州县地方官接到报案后,官吏衙役不作任何调查,先把被盗人家周围的富户指为窝赃户。既然认定嫌疑犯是官吏们的合法权力,关押嫌疑犯也是他们的合法权力,他们这么做当然没什么风险。那些被指为窝赃户的人家也有一个共同的特点,就是家里无人作官,没有后台。于是官府放心大胆地把他们拘押起来敲诈勒索,每报一案,往往牵连数家,"贼开花"由此得名。那些被指为窝赃的富户,特别害怕坐牢,只能自认倒霉,拿出大把的钱来贿赂官吏,打点差役。官吏捞足了钱,才把这些富户放出来,并宣布他们没有窝赃。在术语里这叫"洗贼名"。

最初看到这些历史记载的时候,我曾经设身处地替那些被敲诈者想过,结论是:如果换了我,就要读书科举,混个功名在身,让他们不敢敲诈。不过这是很有个人特色的对策,只能自保却不能普度众生,并且远水解不了近渴,显然不是正经办法。后来我找到了正经办法。在清朝人段光清写的一本书里,我看到了安徽宿松县民间用来对付这种敲诈的高招,不禁被人民群众的创造力所折服。

据《镜湖自撰年谱》②道光十七年(1837年)记载,这年九月,小地主段光清(当时已经中了举人,即有了国家干部

---

① (清)姚元之、赵翼撰,中华书局,2007年1月版。
② (清)段光清撰,中华书局,1960年2月版。

的身份)的佃户及其家境稍好的几户邻居,忽然被差役传唤,诬陷他们接了贼赃。段光清说,这是失主与捕役串通好了,嘱咐盗贼咬他们一口,借此敲一笔钱。佃户找到段光清的哥哥哭诉,段光清的哥哥就找他商量对策。

段光清首先回顾历史,从前人的智慧和经验里寻求启发。他说,父亲曾经说过,嘉庆初年(1797年前后)乡里有一种恶习,乞丐生病倒毙了,地方无赖就要借机生出波澜,说必须要经过地方官验尸才能掩埋。而地方官每次下乡验尸,必定要带一大群人。仵作和刑书自是必需的,还要包括县衙门里院的门印、签押、押班、小使,外院的六房、三班,再加上地方官的仪卫、皂隶、马仆、轿夫,浩浩荡荡多至百余人。于是,只听得地方官验尸的锣声一响,乡下有数百亩家产的人家,就要倾家荡产,连灰也剩不下了。

段光清说,父亲当时的办法是:召集同乡的绅衿到县里向领导请示,如果乞丐确实是自己死了,经检验没有伤痕,可以由地保掩埋,无须报官府验尸。领导同意了,还把这条规定刻在石碑上,立在路旁。段光清没有说他父亲拜见县领导的时候带没带银子,从情理推测,应该不至于空手去求人。从下文推测,前辈很可能以某种方式孝敬了父母官。

段光清联系现实,说如今嘱托盗贼栽赃,这又是一种恶习。兄长最好召集同乡开一个会,大家凑一笔经费,每年给负责本片的捕役数千,作为他们辛辛苦苦为我们抓盗贼的奖励,同时要求他们别再嘱托盗贼诬扳良民。段光清的哥哥接受建议，召集同乡开了会，果然大家踊跃掏钱，"贼开花"的问题就这样得到了双方满意的解决。至于和吏胥谈判的具体过程，段光清没有记载，但有三个意思恐怕兜多大圈子也要表达出来："我们承认你们能害我们，我们掏钱，你们别再用这种手段害我们了。"这看上去很像是和黑手党打交道，我也承认，在辨别历史上的专制政府与黑手党的实质性区别时，我经常感到自己愚钝无能。

总之，合法伤害权是很值钱的。有了这种权力，没有钱可以有钱，没有敛钱的规矩可以创造出规矩。用古汉语一个简洁贴切的词来表达，这叫"势所必至"。势之所至，潜规则生焉。即使这规则不合法，也可以转弯抹角将它装扮起来。

3

合法伤害权在监狱里表现得最为充分，陋规也就特别多。

清朝文学家方苞蹲过中央级的监狱，并且写了一篇文章，题目就叫《狱中杂记》。他写道：康熙五十一年（1715年）三月，我在刑部监狱，每天都看见三四个犯人死掉从墙洞里拉出去。一块坐牢的洪洞县的杜县令说，这是病死的。现在天时正，死的还算少，往年多的时候每天死十数人。……我问：北京市有市级的监狱，有五城御史司坊（监察部系统），为什么刑部的囚犯还这么多？杜县令回答说：刑部的那些喜欢折腾事的司局长们，下边的办事人员、狱官、禁卒，都获利于囚犯之多，只要有点关联便想方设法给弄到这里来。一旦入了狱，不管有罪没罪，必械手足，置老监，弄得他们苦不可忍，然后开导他们，教他们如何取保，出狱居住，迫使他们倾家荡产解除痛苦，而当官的就与吏胥们私分这些钱财。

方苞提到的这些榨取钱财的手段，晚清谴责小说作家李伯元在《活地狱》里有详细的描写：

> 山西阳高县有个叫黄升的人，无辜被牵连入狱。衙役的快班头子史湘泉把他关在班房里，故意用链子把他锁在尿缸旁边，那根链子一头套在脖子上，一头绕在栅栏上。链子收得很紧，让他无法坐下，就这样拘了大半天。直到掌灯时分，史湘泉出来与黄升讲价钱了。
>
> "你想舒服，却也容易，里边屋里，有高铺，有桌子，要吃什么，有什么。"说着便把黄升链子解下来，拿到手里，牵着他向北首那个小门，推门进去，只见里面另是一大间，两面摆着十几张铺，也有睡觉的，也有躺着吃烟的。黄升看了一会儿，便对史湘泉说："这屋里也好。"史湘泉道："这个屋可是不容易住的。"黄升问他怎的，史湘泉说："进这屋有一定价钱。先花五十吊（按粮价折算，每吊钱至少相当于六十元人民币），方许进这屋；再花三十吊，去掉链子；再花二十吊，可以地下打

铺;要高铺又得三十吊,倘若吃鸦片烟,你自己带来也好,我们代办也好,开一回灯,五吊。如果天天开,拿一百吊包掉也好。其余吃菜吃饭,都有价钱,长包也好,吃一顿算一顿也好。"

黄升听了,把舌头一伸道:"要这些吗?"史湘泉道:"这是通行大例,在你面上不算多要。你瞧那边蹲着的那一个,他一共出了三百吊,我还不给他打铺哩。"

这位黄升偏偏身上没有带钱,史湘泉一怒,将他送入一道栅栏门,里边的犯人又让他掏钱孝敬,黄升拿不出来,众人便一拥而上,将他打了个半死,又罚站了一夜。

即将处决的死刑犯应该是最难敲诈的了,但是吏胥们依然有办法,他们可以在行刑和捆绑的方式上做交易。

据方苞记载,即将执行死刑的时候,行刑者先在门外等候,让他的同伙入狱谈判,索要财物。当时的术语叫"斯罗"。如果犯人富裕,就找他们的亲戚谈;如果犯人穷,就找他们本人谈。他们对凌迟处死的犯人说:顺我,就先刺心,否则把你胳膊腿都卸光了,心还不死。对绞刑犯则说:顺我,一上来就让你断气。否则就缢你三次,再加上别的手段,然后才让你死(在此提一句,李大钊先生就被缢了三次才死)。最难做手脚的斩首,他们还可以"质其首"——难道刽子手还能扣留脑袋么?我搞不清楚究竟如何"质"脑袋,姑且原文照抄。

以上是行刑者的交易方式。凭借他们手里的"合法伤害权",一般能从富裕者那里敲出数十两甚至上百两银子,从贫穷者那里也能把衣服行李敲干净。完全敲不出来的,就按照事先威胁的办法痛加折磨。

负责捆犯人的也这样。方苞说,不贿赂他,在捆缚时就先将其筋骨扭断。每年宣判的时候,死刑和死缓犯一概捆缚,押赴刑场待命,被处决的有十之三四,活下来的要几个月才能将捆伤养好。有的人会落下终身残疾。

方苞曾经问一个老胥,说你们无非想要点东西,又没有什么仇,实在没东西,最后也别那么折磨人家,这不是积德行善的好事吗?老胥回答说:这是"立法",目的是警告旁人和后人。不这样做,别人就会心存侥幸。

吏胥们对自己立的法——"刑狱潜规则"显然是一丝不苟的。与方苞同时被捕上刑的有三个人,一个人以三十两银子行贿,骨头受了一点伤,养了一个月才好。另外一个人贿赂的银子比前者多一倍,皮肉受了点伤,十来天就好了。第三个人掏的银子还要多一倍,当天晚上就可以像平常一样走路了。曾有人问过这样一个问题:罪人贫富不均,都掏钱就行了,何必再制造多寡的差别呢?回答说:没有差别,谁肯多掏钱[①]?

监狱和班房(类似临时拘留所)是合法伤害权密集的大

---

① 《方苞集》第二册,纪事,上海古籍出版社,1983 年 5 月第 1 版,页 710。

本营,因此也是贪官污吏的镇山之宝。说到极端处,犯人在监狱和班房中冻饿病死,或者叫瘐毙,官府是不用承担责任的。这是比巡航导弹还要厉害的一种武器。巡航导弹固然是低风险伤人的利器,毕竟还需要花钱生产,而瘐毙几条人命却不用你掏一文钱,甚至还能帮助你赚点囚粮、囚衣、医药和铺盖钱。合法伤害权的根基既然如此美妙,抽出许多粗黑的枝条,开出许多贼花样,一概在情理之中。

4

中国古代的史书上经常出现一个字:"赇"。《辞海》上的解释是贿赂。其实无须解释,大家一看便知道这个字是什么意思,以贝相求,不就是权钱交易吗?

挥动伤人的利器需要使用者心存恶意,这就需要克服良心的障碍。"赇"则替人免除了这些麻烦。只要你手中有了权,它就会主动找上门来,甜蜜蜜地腻上你,叫你在绝对不好意思翻脸的情境中缴械投降,放下武器,跟他们变成一拨的,团结起来一致对外。你无须任何恶意,甚至相反,拒绝这种"赇",倒需要几分恶意,需要翻脸不认人的勇气和愣劲。因为"赇"通常是通过亲戚朋友的路子找上门来的。你不仅要翻脸不认谦恭热心的送礼人,还要翻脸不认你的亲戚朋友。

于是,贪赃枉法的成本又进一步降低了,拒绝贿赂的成本则进一步提高了。良心的障碍和礼节的训练在此全面倒戈,反对他们本来应该维护的东西。人非圣贤,孰能无过?大多数人恐怕只有叹一口气,然后甜蜜蜜地,无可奈何地,半推半就地倒在美人的怀抱里。又一位清官从此消失。

老百姓是个冤大头

冤大头是贪官污吏的温床。在冤大头们低眉顺眼的培育下,贪官污吏的风险很小,麻烦很少,收益却特别高,因此想挤进来的人也特别多,他们的队伍迅速壮大。

我见过明成祖朱棣(1403—1424年在位)的一道圣旨,一字不差地抄录如下:"那军家每街市开张铺面,做买卖,官府要些物件,他怎么不肯买办?你部里行文书,着应天府知道:今后若有买办,但是开铺面之家,不分军民人家一体着他买办。敢有违了的,拿来不饶。钦此。"①

这道圣旨的口气给我留下了深刻印象。我想,假如我是当时在南京开小铺的买卖人,官府摊派到我头上,勒索到我头上,我敢执拗一句半句么?我自以为并不特别胆小,但

---

① 《皇明经世文编》卷一百九十一,汪应轸:《恤民隐均偏累以安根本重地疏》。

是我得老实承认,我不敢执拗。皇上分明说了,"敢有违了的,拿来不饶。"像我这样的小老板,拿了就拿了,打了就打了,宰了就宰了,不就是一只任人宰割的羔羊么?皇上就是这样看待我们的,我认为他看得很准。

皇上的事情就不多说了。在名义上,他是天道的代表,有责任维护我们小民的利益,下手不应该太狠。我们还是把重点放在贪官污吏身上。

对中华帝国的官吏们来说,勒索老百姓也是一件很容易的事情,并不需要费心策划。想要他们的钱,只管开口要就是了,难道还有人胆敢抗拒政府收费么?无人抗拒是正常的,偶然有个别人跳出来反对,那就不正常了,如同异常天象一样,我们就能在历史中看到记载了。

据四川《眉山县志》记载,清光绪初年,眉山县户房(财政局)每次收税,都直截了当地在砝码外另加一铜块,叫做戥头。乡民每年都被侵蚀多收,心里痛苦,却没有办法。

关于此事的另外一种记载是:

> 眉山县户科(财政局)积弊甚重,老百姓交纳皇粮正税之外,每户还要派一钱八分银子,这叫戥头。官员和胥吏把这笔钱据为己有,上下相蒙二十年不改。

一钱八分银子并非要命的大数字,按照对大米的购买力折合成人民币,相当于八十多块钱。按照现在的贵金属行情计算,还不到二十块钱。我们折中一下,姑且算它五十块钱。数字虽小,架不住人口多,时间长。眉山县地处四川盆地，天府之国，一个县总有三五万户，如此收上二十年，这就是三五千万人民币的巨额数目了。

眉山县有个庠生，也就是州县学校的读书人，名叫李燧。《眉山县志》上说他"急公尚任侠"，是个很仗义的人。这五十块钱的乱收费不知怎么就把李燧惹火了，他义愤填膺，"破产走五千里"，到上级机关去告状。既然闹到了上访的地步，我们就可以很有理由地推测，他在眉山县一定也闹过，但是没有成果，县领导一定不肯管。县领导要掐断部下三五千万人民币的财源，说不定其中还包括领导本人的若干万，想必是很难下手的。这是一个很要命的重大决策。

李燧的上访并不顺利，他把更高一级的领导惹怒了，被诬陷为敛钱，革除了他的生员资格。生员资格也是很值钱的，清人吴敬梓写的《儒林外史》第三回说，穷得叮当响的私塾先生周进，在众商人的帮助下花钱纳了个监生，可以像生员一样到省城的贡院里参加乡试，花费了二百两银子。折中算来，这笔银子价值四五万人民币。如此估价生员身份并没有选择高标准。《儒林外史》第十九回还说，买一个秀才的名头（即生员身份）要花一千两银子。请枪手代考作弊，也要花费五百两。我的计算已经打过四折了。

李燧为什么这么倒霉，其中内幕只能推测。他要断人家的大财源，不可能不遭到反击。官吏们熟悉法律条文，又有权解释这些条文，再加上千丝万缕的关系，彼此同情，反击一定是既合法又有力的。遥想当年，李燧上访难免得到一些老百姓的支持,大家凑了一些钱。这既是非法集资,又是聚众闹事,还可以算扰乱社会秩序,甚至有危害国家安全的嫌疑。结果,李燧丢掉生员资格后,因敛钱的罪名被投入监狱。在他漫长的坐牢生涯中,几次差点被杀掉。

李燧入狱后,当地老百姓更加痛苦无告,也没人敢再告了。眉山的官吏们严防死守,杀鸡吓猴,保住了财源。

十二年后,省里新来了一个主管司法和监察的副省长,他听说了这个情况,很同情李燧,可怜他为了公众的利益受此冤枉,放他回了家,还赠给他一首诗。——破了产,丢了生员的资格,走了五千里,关了十二年,得了一首诗。这就是李先生本人的得失对比。至于那个戥头,据说在光绪十二年(1886年)那一年,眉山县令毛隆恩觉得不好,主动给革除了。从时间上看,这与释放李燧大约同时,不过功劳却记在了新领导的账上。我宁愿相信是李燧发挥了作用,不然这牢也坐得太窝囊了①。

假定此事完全是李燧的功劳,毛县长贪天之功,根本没起什么作用,那么,凡是有李燧的地方,就不会有乱收费。问题是,李燧出现的概率究竟有多大呢?为了区区五十块钱,是否值得变卖家产,奔波五千里上告?而且究竟能不能告下来还在未定之天?就算你信心十足,肯定能够告下来,究竟又有几个如此富于献身精神的人,既有文化又不怕事,

---

① 参见民国《眉山县志》卷十一,人物志,页68;卷九,职官志,页24—25。转引自《清代四川财政史料》上,四川省社会科学出版社,1984年版,页593。

还肯花费全部家产和成年累月的时间,去争取这区区五十块钱的正义?如果这种人罕见如凤毛麟角,那么我们就敢断定,官吏衙役们乱收费是非常安全的。没有什么人会跳出来跟他们闹别扭。万一有这么一个半个的也不要紧。即使他真成功了,告了下来,也并没有什么人因此受到处罚。大不了以后不再收了,毛县长们还可以借此机会留名青史。

对于这种结局,即官吏衙役失败而告状者胜利的结局,四川《荣县志》上也有记载。

大约在19世纪中期,四川荣县收粮的时候,户房书吏(县财政局干部)总是大模大样的晚来早走。栅门一步之隔,门里悠哉游哉,门外边人山人海,拥挤不堪,后边的人挤不过来,前边的人挤不出去。为了不受这种苦,很多人出钱托有后门的揽户代交。就好像现在一些手续复杂作风拖沓的什么局门口总有许多代理公司一样,只要你肯多掏钱,总能找得到包揽钱粮的代理人。有的人干脆直接出钱贿赂。不如此,十天半个月也不见得能纳上粮,家里的农活也耽误不起。另外还有一些欺负老百姓的地方,譬如几分银子便凑整算一钱,银和钱的折算率也从来没有个准头,总是向着有利于官吏,不利于百姓的方向狠狠地折,等等。

有个叫王开文的农民,很有气节,愤恨不平地到县里告状。县里不受理,王开文就去更高一级的衙门上诉。县里派人将他追捕回来,将他枷在大街上示众,还是那套杀鸡吓猴的老手段。没想到王开文气壮山河,在众人面前大呼道:

谁和我同心?! 谁愿意掏钱跟他们干?!

当地农民受了多日的鸟气,憋得难受,就挥舞着钱币来表示愿意,只听挥舞钱币的声音如同海潮,响成一片。《荣县志》上描写道:"县令大骇",赶紧把王开文释放了,还安慰了他一番。从此收粮的弊病有所好转。

荣县的乱收费问题并没有因为一个英雄般的王开文得到根本解决。数十年之后,到了光绪初年,这里又冒出了一个刘春棠事件。

刘春棠是书院的生员,也是读书人。他的朋友梁书安和吕瑞堂在纳粮的时候也被搜刮勒索,提出异议还被训斥谩骂了一顿。这二位不服,知县就说他们喧嚣公堂,要以这个罪名惩办。后来听说是书院的生员,就好像现在的大学生,归教委系统管的,很可能还是未来的国家干部,这才饶了他们。

当时,每年征税的时候,书役百余人威风凛凛,顾盼左右,正税之外还索要房费、火耗、票钱、升尾等诸多名目。交税的人稍微有点异议就挨一顿呵斥。畸零小数的税额,一厘(千分之一两,约零点零四克)银子凑整,竟要征钱二百文,多收一百多倍。老百姓早已满肚子怨气。有人闹起来后,民众集资捐钱,请刘春棠出面上诉。

到了公堂之上,刘春棠先请知县颁布从前定过的征粮章程,然后又出示了将一厘算作二百钱的票据。知县推托道:过去定的章程,年代久远无从稽查。至于多收这点钱嘛,乃一时疏忽。

总之是告不下来。这时候又出了一件事。一位名叫戴龙恩的人,被收了双份的津贴和捐输,他要求退还多收的部分,可是多收的人就是不退。于是戴龙恩和刘春棠联手,一起到省里告状,把荣县境内乱收费的种种弊端都给抖搂出来了。但是和李燧一样,这两位在省里并没得到好下场,刘春棠也被省里拘留起来。剩下个戴龙恩,不屈不挠地上北京告状。

结果还算他运气。户部(中央财政部)将这个案件发还四川审讯,第二年,四川按察使司真审了,而且判决下来了。这一场拼出性命的折腾,换来了一块铁碑,上边铸着征税的正式规定,譬如早晨就要开始征收,到下午三点以后才能停收,收粮的人不许擅自离开让粮户等候,银和钱的折算率按照市价计算等等。拼出命来才争取到一个下午三点之前不许停收,真不知道那些衙役原来是几点下班的①。

我不知道后来的结果。但我估计,用不了多久,这些铁铸的话就会变成一纸空文。我读过苏州府常熟县从明末到清初立的六块石碑,都禁止收漕粮过程中勒索老百姓的相似勾当。如果勒石刻碑真能管用,何至于重复立上六座?

现在可以算个总账了。李燧为了五十块钱破产走五千里。王开文为了排不起队上访告状。排队值多少钱呢?一

---

① 参见民国《荣县志》,食货第七,页5—8。转引自《清代四川财政史料》上,四川省社会科学出版社,1984年版,页591。

般说来，农村日工一天不过二三十文钱，雇人排上十天队也不过二三百文。刘春棠赴省告状之前，向知县出具的证据也只是将一厘银子折成二百文的票据。就算白白收了他二百文钱，又能有多大的损失呢？折合成现在的人民币，这二百文不过六七十块钱。只要设身处地想一想，我们就可以胸中有数：究竟能有多少人，肯为这几十块钱耗时几个月，奔走几千里？那可是一个没有汽车和火车的年代。

这笔账还不能如此简单地计算。因为历史经验已经一次又一次地告诉我们，奔走几千里并不是唯一的代价。被告必定要反击，要找茬治你的罪，给你戴枷，关你入狱，拿你杀鸡吓猴。站在贪官污吏的立场上算一算，我们就可以知道，他们对此事的重视程度抵得上告状者的一百倍。假如三五万户老百姓供养着三五百位贪官污吏蠹役，人家一个吃着你一百个，你的几十块钱就是人家的几千块钱，如此重要，贪官污吏岂能不奉陪到底？如果你是为了尊严或者叫面子，人家难道就不需要尊严和面子？官家的面子当然比小民的面子更加值钱。

即便你甘愿付出上述两道代价，仍然不等于解决问题。争取胜利的决心与胜利本身的距离还遥远得很。究竟有多么遥远呢？胜利的概率究竟有多高呢？清嘉庆四年（1799年），参与编修《高宗实录》的洪亮吉分析了告状中的利害格局，然后给出了一个估计数字。

洪亮吉说，在大省里当领导，成为一个方面大员，就像过去一样，出巡时每到一站都有按规矩应得的礼物，还有门包。平时在家，则有节礼、生日礼，按年则有帮费。升迁调补的时候，还有私下馈谢的，这里姑且不算。以上这些钱，无不取之于各州各县，而各州县又无不取之于民。钱粮漕米之征收，前数年尚不过加倍，近来加倍还不止。

省里几套班子的领导们，以及下属的地、市，全都明知故纵，要不然，门包、站规、节礼、生日礼、帮费就无处出了。各州各县也明白告诉大家："我之所以加倍，加数倍，实是各级衙门的用度，一天比一天多，一年比一年多。"但是细究起来，各州县打着省地市各级领导的旗号，借用他们的威势搜刮百姓，搜刮上来的东西，上司得一半，州县揣到自己腰包里的也占了一半。刚开始干这些事情的时候，还有所顾忌，干了一年两年，成为旧例，现在已牢不可破了。

这时候你找总督、巡抚、藩台、臬台、道、府告状，谁也不会管你，连问都不问。成千上万的老百姓当中，偶然有一个两个咽不下这口气，到北京上访的，北京方面也不过批下来，让总督巡抚研究处理而已。派钦差下来调查就算到头了。试想，老百姓告官的案子，千百中有一二得到公正处理的吗？即使钦差上司比较有良心，不过设法为之调停，使两方面都不要损失太大罢了。再说，钦差一出，全省上下又是一通招待，全省的老百姓又要掏钱。领导们一定要让钦差满载而归，才觉得安心，才觉得没有后患。

所以，各州县的官员也明白了，老百姓那点伎俩不过如此。老百姓也明白了，上访告状必定不能解决问题，因此往往激出变乱。湖北当阳和四川达州发生的事变，都证明了这一点……

洪亮吉把他的这番分析交给了军机大臣成亲王。亲王又给嘉庆皇上看了。洪亮吉说了这么多话，核心的意思，就是官逼民反，或者叫造反有理。搜刮老百姓是各级官员的共同利益所在，这就决定了老百姓告状的成功率不过千百之一二。因此，除了造反之外没有更好的出路。看了这种观点，皇上很生气，说这家伙说话怎么这么愣，于是撤了他的职，让廷臣一起审他，不过也嘱咐说不要上刑。会审的结果，廷臣们建议砍掉这个愣家伙的脑袋。最后处理的时候，皇恩浩荡，从宽发落，将洪亮吉发配新疆伊犁戍边。洪亮吉老实认罪，痛哭流涕，感谢宽大处理①。

各级官员都是聪明人，群众的眼睛也是雪亮的，大家都认清了局势。

这种局势，对老百姓而言，首先就是不值得为了那点乱收费而用几个月的时间，跑几千里路去告状。告状花的钱，打发一辈子的乱收费也有富余，告状必定是亏本的买卖。其次，贪官污吏准备付出更大的代价打掉出头鸟。一旦坏了规矩，他们的损失将极其巨大。因此出头鸟很可能赔上身家性命。第三，在付出上述重大代价之后，告状者的成功

---

① 《清史稿》卷三百五十六，列传一百四十三，洪亮吉，中华书局，1976年第一版。

概率不过千百之一二。结论:民不和官斗。出头的椽子先烂。屈死不告状。

对官吏而言,结论就是洪亮吉说的那句话:老百姓的那点伎俩不过如此。

老百姓是个冤大头。且不必说"人不犯我,我不犯人;人若犯我,我必犯人";更不必说什么"以血还血,以牙还牙";人家骂了他,打了他,吸了他的血,他连找人家的家长哭诉告状都找不起。唯一合算的选择,只剩下一个忍气吞声,继续让人家吸血。

这很像是狼和羊在一起。一个长着利齿,而且不吃素。另一个吃素,偏巧还长了一身好肉。虽然头上也有一对犄角,但那是用于公羊之间打架的,在异性面前自我显示的时候还管用,见到那个大嘴尖牙的灰家伙就只有哆嗦的份了。只要是狼和羊在一起,他们之间的关系就定局了。假如你愿意,尽可以规定羊称狼为父母,狼称羊为儿女。颠倒过来当然也可以,让狼跟羊叫爹娘或者叫主人,羊则有权把狼叫作儿子或者仆人。随便你怎么规定,反正狼要吃羊。如果某羊不反抗,也许能多活几天,一时还轮不上被吃。敢于反抗者,必将血肉模糊,立刻丧命,绝少成功的希望。

冤大头是贪官污吏的温床。在冤大头们低眉顺眼的培育下,贪官污吏的风险很小,麻烦很少,收益却特别高,因此想挤进来的人也特别多,他们的队伍迅速壮大。但是最终会遇到一个问题。就好像狼群在羊群的养育下迅速扩大一样,大到一定的程度,羊群生长繁殖的速度就供不上人家吃了,羊群要被吃得缩小以至消亡了。这时候,狼的末日也就不远了。这竟是双输的结局。

其实,中国历代"老狼"的经验很丰富,完全明白这个道理。那些为天子牧民或者叫牧羊的肉食者,都知道羊是狼生存的根本——简称"民本"。大家都懂得爱护羊群的重要意义。奈何抵抗不住眼前绵羊的诱惑,也抵抗不住生育狼崽子的诱惑。这也是有道理的:我不吃,别的狼照样吃;我不生,别的狼照样生。个体狼的利益与狼群的集体利益未必一致。如果我的节制不能导致别人的节制,我的自我约束对羊群来说就没有任何意义,徒然减少自己的份额而已。在老狼忍不住饕餮的时候,我可以听到一声叹息:他们要是变成刺猬,俺们不就变成清官了么?

第二等公平

儒家并不反对"家天下"。因此皇亲贵族就应该当纯粹的寄生虫,百姓就应该掏钱给皇上供养众多的后宫佳丽,供养伺候她们的成千上万的宦官。但王道毕竟比秦始皇的不加掩饰的霸道上了一个台阶,这也是流血牺牲换来的。

公平是有等级的

道光十九年(1839年),山西巡抚(类同今天省委一把手)申启贤到雁北一带视察工作。路过代州(今代县),当地一些里正(类似村长)和绅耆(类似老知识分子或退休老干部)拦住轿子告状,反映驿站在征收号草中的问题①。拦大

---

① 整个故事参见张集馨:《道咸宦海见闻录》,道光十九年,中华书局,1981年11月第一版。张集馨(1800—1878),江苏仪征人,道光年间中进士,入翰林,历任知府、道员、按察使和布政使,《道咸宦海见闻录》是他的自编年谱。

官的轿子和击鼓告状一样，都是很叫领导反感的行为，所告事实如有出入，按规定就要打八十板子，这是足以要老头们的性命的责罚。韩愈说"大凡物不得其平则鸣"，让这些老头和村干部感到不公平，非要鸣一声不可的，究竟是什么东西？

清朝的驿站近似现在的邮政局，号草就是驿站马匹食用的草料。这些草料由本县百姓分摊，定期交纳。那些老人和村长控诉说，驿站收号草有两条不公平，一是大秤不准，经常七八十斤号草上秤而秤不起花；二是必须向收号草的驿书和家人交纳使费，不然他们就不肯收。

第一条无须解释了。第二条，用当代语言来说，就是非得再掏一笔辛苦费，才能请动驿书和"家人"的大驾，劳动他们收你的号草。驿书近似现在的县邮政局领导，"家人"则是县领导的私人亲信，近似生活秘书。《大清会典》规定，驿站的财政费用由当地州县政府提供，县领导派亲信来收号草，就体现了这重权力和责任。由此我们也可以看出告状者的无奈：县领导的家人敲诈勒索，怎能不拦住省领导告状？

据申启贤巡抚自己说，那些老头拦住他告状的时候，他已经生了病，性情烦躁，也没有深究是非对错，就下令掌责——打了那些老头一顿耳光。不过刚打完就后悔了，心里感到不安。他说，那些挨打的老头"俱白发飘萧"，他害怕这顿耳光会打出人命来。于是将此案件批给道台张集馨

(近似雁北地委一把手)亲自讯问,在半路上申巡抚又专门写了一封信,叮嘱张集馨处理好这件事。

申启贤感到不安是有道理的。人们为了千八百斤草料可以拦路告状,却不见得去"京控"。去北京上访是一件代价很高、成功率却很低的事情。但是出了人命就不一样了,苦主轻易不会善罢甘休。再说那些老头和村干部还可以分担"京控"的费用,这就不仅愿意告,也告得起。一旦进入告省级领导的京控程序,就可能有钦差大臣下来调查。按照常规,钦差大臣会抹平此事,但是省、地、县都要付出相当可观的代价,两三万两银子的"钦差费"肯定是免不了的。按粮价折算,两三万两银子将近五百万人民币,逞一时之快值不值这笔巨款,申启贤不能不犯嘀咕。以上推测还没有考虑到良心的作用。不过就我推想,申巡抚虽然不是恶棍,但他的良心也不是很敏感,不算也罢。

我想讲的故事到此才算正式开始。

经过调查,张集馨发现,那些白交还要遭受两重刁难的号草,按规定竟要由政府向民间购买。国家规定的收购价格是一文钱一斤。折算为现在的货币和度量单位,大概就是两毛多钱一千克。当地每年收驿草十多万斤,财政拨款将近人民币两万元,但是这笔钱根本就到不了百姓手里。张集馨写道:"官虽发价而民不能领,民习安之。"

我想强调一句:这里显现了三种公平的标准。按照正式规定,老百姓在名义上的权利竟然如此之大,他们不仅不应该被官府的黑秤克扣，不应该交纳使费，相反，他们还应该从官方拿到一笔买草钱。这当然是头等的公平，但只是名义上的东西，并不是老百姓真正指望的标准。"民习安之"的标准，是白交驿草但不受刁难的标准，这是比正式规定降低了一个等级的标准。百姓胆敢不满意的，只是使用黑秤外加勒索使费，并不是白交驿草。官吏和衙役们得寸进尺，想让老百姓在认可第二等标准之后再认可这第三等标准，村干部们不肯认账，这才有了拦路告状。

第一等公平的由来

说到驿站事务方面的第一等公平标准，尽管只是名义上的标准，我们也不能不怀念明末豪杰李自成。

李自成与驿站有特殊的关系。一说他本人在造反之前就是驿卒，因为驿站裁员，下岗失业了，于是造反。一说他的爷爷和父亲摊上了给驿站养马的义务，赔累破产了，而李自成造反则由于还不起债务。这两种说法都与驿站事务有关。清朝的开国元勋是和李自成交过手的，至少他们亲眼见到李自成推翻了明朝这个庞然大物，想必留下了非常深刻的印象。因此，在清朝皇帝和大臣眼里，驿站和驿马是具有重大政治意义的问题，处理起来便有了面对未来李自成的意思，不敢把百姓当成好欺负的冤大头。于是我们就看到了体现出第一等公平的正式规定。

康熙皇帝决定，改革明朝向民间摊派养马任务的制度，将民养官用改为官养官用。同时，改革明朝在民间无偿佥派夫役的制度，夫役由官方出钱雇佣。皇帝如此规定，也是下了大决心的。清朝全国有两千多个驿站，使用的牛马驴骡将近七万，每年开支三百多万两银子，这还不算遍布全国的一万四千多"铺递"——靠步行传送邮件的官方组织。皇帝真怕制造出李自成来，对政府的权力做了非常严格的约束，而这些改革和制度都载入了《钦定大清会典》，属于行政法规性质的最正式的制度。

按照《大清会典》的规定，驿站的每年费用是有定额的，每年都要上报考核。而养马用的草料开支就是额定费用中的一个大项①。《大清会典》规定，驿站的额定费用从州县征收的田赋正额和地丁银子中拨给，这就是说，州县百姓已经在交纳皇粮国税的时候为马草掏过一次钱了。在这个意义上，再让百姓无偿交纳号草，等于是一件东西卖两次，在现代术语里，这叫"重复收费"。

如果不讨论"家天下"的制度是否公平，《大清会典》的这些规定在技术上是无可指责的。驿站是国家的神经网络，是国防和行政信息的通道，无论如何都是必要的。而支撑这个网络的，最终必然是百姓的赋税。只要百姓的赋税水平合理，国家的神经系统不腐败变质，我们就得承认这个

---

① 关于清代驿站制度的描述，本文主要参考了马楚坚的《清代驿站述略》，见《明清人物史事论析》，江西高校出版社，1996年版。

标准很公平。这就是我们应该感谢李自成的道理。

在这个意义上,我们也应该感谢秦始皇,至少要感谢陈胜吴广。秦始皇横行霸道,把老百姓当作可以任意践踏的冤大头,征发数十万上百万的老百姓给他本人建造宫室陵墓,给他的帝国修建围墙,结果他设计的万世江山不过二世就完蛋了。这个教训想必也给汉朝皇帝留下了非常深刻的印象。没有秦朝短命的暴政,恐怕就不会有汉朝的"独尊儒术"。这个前车之鉴使得儒家的威胁显得比较可信,仁政和王道的主张也显出了皇帝认可的好处。因此,以董仲舒为代表的儒生才有资格与皇上讨价还价,达成一个双赢的协议:皇上获得儒生的支持和代理天道的地位,儒生也获得了表述天道的特权。儒家经典很像我们在《大清会典》中看到的关于驿站的漂亮规定,说起来相当公平合理。

当然,儒家并不反对"家天下"。因此皇亲贵族就应该当纯粹的寄生虫,百姓就应该掏钱给皇上供养众多的后宫佳丽,供养伺候她们的成千上万的宦官。但王道毕竟比秦始皇的不加掩饰的霸道上了一个台阶,这也是流血牺牲换来的。

第二等公平的根据

我认为,道光间代州百姓根本就不指望第一标准能够实现,这是很有自知之明的。第一等公平的标准接近市场上等价交换的标准,而市场交易需要一个前提,就是双方平等,拥有参加或退出交易的自由,谁也不能强迫谁。很显然,官府并不是老百姓的平等交易伙伴,官府是有权收费的。无论当时还是现代,抗粮、抗税或抗拒苛捐杂费,都会导致严重的后果。

下边我们以每年春秋两季的钱粮交纳程序为例,看一看老百姓不听招呼的常规后果。

每到开征之时,县衙前贴出告示,要求百姓按照惯例主动在指定的时间到指定地点交纳钱粮。交纳的过程当然免不了许多盘剥,不服盘剥也可以不交,后边自有对付你的合法手段。

没有交纳或没有交够的人,就要在簿册上留下拖欠记录,这些人要按照规定的期限去指定地点补交。

过期不交,书吏差役就要下乡催科了。催科是一件很有油水的事情,是需要竞争上岗的。清朝光绪年间,屠仁守在《谨革除钱粮积弊片》中说,下乡催役的差使都是要花钱买的。有的人甚至提前买下差使囤积起来。到了催科的时候,揭票下乡,向粮户征收。除了勒索酒食供给外,每票总要勒索钱数百文,甚至数千文。稍不如意,辄以抗粮的罪名报官。乡民畏惧,不得不满足这些人的贪欲,以免被罪名拖累[①]。

[①] 《光绪财政通纂》卷二十九,赋役。转引自鲁子健:《清代四川财政史料》上,四川省社会科学出版社,1984年版,页587。

如果催科之后还没有交够钱粮，就要抓到衙门里打板子，站枷号。这里就更黑了，需要另文细说。

总之，官府并不怕零散百姓的对抗，吏胥们甚至怕你不对抗。他们虎视眈眈，就等着你因对抗而落网，送上一口肥肉呢。处在这种虎狼环俟的情境之中，只要州县官打一个招呼，谁敢不老老实实地交纳号草？谁敢晚交？谁不怕驿书和家丁拒收自己交纳的号草？谁还敢把自己在名义上拥有的权利当回事？

垄断价格的比喻

对官府强加的第二等公平，中国人好像存在着不分时间地点的广泛认可。如果打一个富于现代色彩的比喻，这很像是对某种垄断价格及相关的隐性支出的接受。若干年前我们装电话，要交五千元的初装费，像我这样不熟悉外边世界的普通百姓竟以为这规定公平合理，活该如此。在我眼里，这就是第一等公平。

我有点不满的只是他们收了钱还要拖你半年以上，不催几次，不走后门，安装工人就不来给你装。我当时也知道安装工人上门，按规矩还要塞给他们一二百元的辛苦钱，至少要塞他们两条好烟，不然装上了电话也未必能接通。就连这笔费用我也愿意掏，只要你别再没完没了地拖下去。我认可半年的拖延，也认可辛苦费，如果电话公司强迫我买他们的电话机,我也准备认可。这就是我眼中的第二等公平,也是我真正指望的公平。在整个过程中,一切都是我主动的,并没有人拿刀子逼我排队装电话,更没有人逼我往工人手里塞钱塞好烟,我愿意认账,我也不会告状和揭发。

在晚清官员段光清《镜湖自撰年谱》咸丰四年(1854年)六月的记载中,我看到了类似的故事。他讲了宁波渔民和商人购买海上安全的经历。

当时宁波外海不靖,海盗很多,渔民和商人的生意大受影响。这本来是清朝水师(海军)的失职,他们领饷吃粮却不干活。但是这又很正常。公务员偷懒,按术语说就是追求闲暇效用的最大化,这是很有名的,举世公认的,中国人也是充分理解的。大家并不真指望官员们尽职尽责地为人民服务。他们也许有这种良心,但是没有这种必要。满清王朝垄断了公共服务业务,没有人敢和它竞争,所有竞争都叫造反,那是杀头之罪。

商人和渔民们没有办法,就自己凑钱激励水师,麻烦他们出海维护治安。这又属于一件东西卖两遍了。商人和渔民已经在各种税费中掏过钱,其中已经包含了供养水师维护海上安全的费用,现在却不得不再掏一遍。当然,并没有人逼他们掏钱,我们只能说他们是自愿的,他们认可了这第二等公平。更准确地说,是认可了自己的二等身份。

据宁波知府(类似宁波市长)段光清说,这办法开始还管用,水师干活了。但是今年给了钱,明年又给了钱,一年一年地给下去，这笔钱好像又成了水师该得的一笔陋规，水师再次懈怠起来，渐渐又不干活了。另外一种解释是，海盗越来越厉害，水师缺乏训练，打不过人家，不敢出海干活了。不管怎么说，总是百姓花了两次钱，仍然没有买到海上安全。

好在——也许应该说坏在——清朝水师的垄断地位被洋人打破了。宁波的商人见水师实在不顶用，就掏钱请洋人的战船为他们保驾护航，又求段光清给洋人发了航行和入港的许可文书。过了不久，朝廷接到了报告，说北方海防发现有轮船"捕盗甚力"，查起来还有宁波知府发的许可文书。有一次洋人与海盗遭遇，炮战一场，一个洋人水手受了重伤，也击沉了海盗头子的船，从此威风大震。可见没有垄断地位的洋人拿了钱是真干活的，并不像清朝水师那样卖假货。

不公是易燃的危险品

最后我们看看张集馨是如何处理号草问题的。

他调来了驿站收草的大秤，经检验，果然是百姓所控诉的那种黑秤。于是张集馨下令另造官秤，同时宣布：按照每斤一文的官价支付草价，不许驿书和家丁"干没"。他说，对这种处理，"民甚欣悦，而州牧及丁胥皆不乐。"

这样就算完了？完了。没有提到敲诈勒索问题，没有追究贪污的责任,没有任何官员吏胥家丁为持续多年的不法行为付出任何代价。所有处理,不过是发一杆新秤,重申一遍正式规定。按照这种逻辑,不公平能够存在多年,难道就是因为缺少一杆准确的秤?就是因为缺少一纸不准贪污的规定?

在我看来,这样的处理与其说是处罚,不如说是鼓励。不处理,那些违法乱纪的人或许还有点心虚。经过这样一番处理,他们便可以放心了:告到省级领导那里,又指定名声不错的地级官员亲自处理,最后又能怎么样呢?不过给了我们一杆新秤。过一年我们还贪污,还敲诈勒索,大不了再得一杆秤。这也能算风险吗?因此,他们的不高兴不过是暂时的。他们手里的加害能力并没有丝毫的削减,他们的反扑欲望已经在不乐中展现出来。有能力又有愿望,还有什么东西可以阻止他们前进的脚步呢?

后边的事情张集馨没有记载,我也就不知道了。但我估计当地百姓从此会死了告状的心。至于清朝全国通行的驿站潜规则,我读史不博,说不确实,但我敢确信:清朝在整体上没有实现儒家主张和《大清会典》规定的第一等公平,连第二等公平也未必能够普遍实现。以鲁迅"想当奴隶而不得的时代"为标准,我们不妨把第一等公平称为臣民级的公平,把第二等公平称为奴隶级的公平。奴隶级公平没有普遍实现的证据,就是太平天国起义。

山西代州的村长和老头告状十一年后,太平军起义爆发了,起义的旗号正是"太平"——其中就有特别公平的意思。不公平的感觉是一种易燃易爆的危险品,几个好汉在公平奇缺的世界上敲出了几颗火星,全中国便翻卷起逼人的热浪。令人感叹的是:太平天国实际展现出来的内部关系,与他们那面漂亮旗号的差距,并不比《大清会典》与黑秤的差距近多少。

当贪官的理由

"萧条棺外无余物,冷落灵前有菜根。"这就是辛勤节俭了一生的清廉正直的海瑞应得的下场吗?

《明史》上记载了皇帝和监察官员之间的一个你攻我守的故事。

崇祯元年(1628年),朱由检刚刚当皇帝。当时他是一个十七八岁的年轻人,一心想把国家治理好。朱由检经常召见群臣讨论国事,发出了"文官不爱钱"的号召。"文官不爱钱,武官不惜死",这是宋朝传下来的一句名言,国民党垮台前也被提起过。据说,如此就可以保证天下太平。

户科给事中韩一良对这种号召颇不以为然,就给皇上写了份上疏,问道:如今何处不是用钱之地?哪位官员不是爱钱之人?本来就是靠钱弄到的官位,怎么能不花钱偿还呢?人们常说,县太爷是行贿的首领,给事中是纳贿的大王。现在人们都责备郡守县令们不廉洁,但这些地方官又怎么能够廉洁?有数的那点薪水,上司要打点,来往的客人要招待,晋级考核、上京朝觐的费用,总要数千两银子。这银子不会从天上掉下来,也不会从地里冒出来,想要郡守县令们廉洁,办得到吗?我这两个月,辞却了别人送我的书帕五百两银子,我交往少尚且如此,其余的可以推想了。伏请陛下严加惩处,逮捕处治那些做得过分的家伙。

户科给事中是个很小的官,大概相当于现在的股级或副科级。但是位置很显要,类似总统办公室里专门盯着财政部挑毛病的秘书,下边很有一些巴结的人。韩一良所说的"书帕",大概类似现在中央机关的人出差回京,写了考察纪行之类的东西自费出版,下边的人巴结的印刷费。那五百两银子,按照如今国际市场上白银的常规价格,大概相当于四万三千多元人民币。如果按银子在当时对粮食的购买力估算,大概有现在的二十万元人民币。那时的正县级干部,每月工资大概相当于现在的一千多元人民币,四万或二十万都要算惊人的大数目。

崇祯读了韩一良的上疏,大喜,立刻召见群臣,让韩一良当众念他写的这篇东西。读罢,崇祯拿着韩一良的上疏给阁臣们看,说:一良忠诚鲠直,可以当佥都御史。佥都御史大致相当于监察部的部长助理,低于副部级,高于正司局级。韩一良有望一步登天。

这时,吏部尚书(类似中组部部长)王永光请求皇帝,让韩一良点出具体人来,究竟谁做得过分,谁送他银子。韩一良哼哼唧唧的,显出一副不愿意告发别人的样子。于是崇祯让他密奏。等了五天,韩一良谁也没有告发,只举了两件旧事为例,话里话外还刺了王永光几句。

崇祯再次把韩一良、王永光和一些廷臣召来。年轻的皇上手持韩一良的上疏来回念,声音朗朗。念到"此金非从天降,非从地出"这两句,不禁掩卷而叹。崇祯又追问韩一良:五百两银子是谁送你的?韩一良固守防线,就是不肯点名。崇祯坚持要他回答,他就扯旧事。崇祯让韩一良点出人名,本来是想如他所请的那样严加惩处,而韩一良最后竟推说风闻有人要送,惹得皇上老大不高兴,拉着脸对大学士刘鸿训说:都御史(监察部部长)的乌纱帽难道可以轻授吗?崇祯训斥韩一良前后矛盾,撤了他的职[①]。

韩一良宁可叫皇帝撤掉自己的官职,断送了当大臣的前程,甚至顶着皇帝发怒将他治罪的风险,硬是不肯告发那些向他送礼行贿的人,他背后必定有强大的支撑力量。这是一种什么力量?难道只是怕得罪人?给事中就好像现在的检察官,检举起诉和得罪人乃是他的本职工作,也是他获得声望的源泉。怕得罪人这种解释的力度不够。

细读韩一良的上疏,我们会发现一个矛盾。韩一良通篇都在证明爱钱有理,证明官员们不可能不爱钱,也不得不

---

① 参见《明史》卷二百五十八,毛羽健列传附韩一良,中华书局,1974年4月第一版。

爱钱。韩一良说得对,明朝官员的正式薪俸确实不够花。而他开出药方,却是严惩谋求俸禄外收入者。这恐怕就不那么对症下药。

明朝官员的正式工资是历史上最低的。省级的最高领导,每年的名义工资是五百七十六石大米,折成现在的人民币,月工资大概是一万一千七百八十元①。正司局级每年的名义工资是一百九十二石大米,月薪大概相当于三千九百三十元人民币。七品知县,每年的名义工资是九十石大米,合月薪一千八百四十元人民币。韩一良这位股级或副科级干部,每年的名义工资是六十六石大米,折合人民币月薪一千三百五十元②。

我反复强调"名义工资"这个词,是因为官员们实际从朝廷领到的工资并没有这么多。那时候发的是实物工资,官员领回家的有大米,有布匹,有胡椒和苏木,还有银子和钞票。不管领什么,一切都要折成大米。于是这个折算率就成了大问题。(明)余继登《典故纪闻》第十五卷曾经详细描述成化十六年(1481年)户部(财政部)是如何将布折成大米的。朝廷硬把市价三四钱银子的一匹粗布,折成了三十石大米。而三十石大米在市场上值多少钱?至少值二十两银子!假如按照这种折算率,完全以布匹当工资,县太爷每年只能领三匹粗布,在市场上只能换一两银子,买不下两

---

① 参见《明史》卷二百二十六,海瑞列传,中华书局,1974年4月第一版。
② 参见《明史》卷七十二,职官志,中华书局,1974年4月第一版。

石(将近二百千克)大米。这就是说,朝廷几十倍上百倍地克扣了官员的工资。至于明朝那贬值数百倍,强迫官员接受的纸币,就更不用提了①。

总之,明朝的县太爷每个月实际领到的薪俸,其实际价值不过约相当一千一百三十元人民币。

请设身处地替县太爷们想一想。那时候没有计划生育,每家的人口至少有五六个,多的十来个。那时候也没有妇女解放运动,没有双职工,平均起来一家六七口人全指望这位县太爷每个月一千一百三十块钱的工资,人均一百七十多块钱的生活费,这位县太爷的日子并不比如今的下岗工人宽裕多少。更准确地说,这位县太爷与如今最贫穷的农民阶级生活在同一水平线上。在我写这篇文章的前一年,1997年,中国农民的人均年收入是二千零九十多元。

还有一点很要命的地方,就是没有社会福利。公费医疗不必说了,在成化十五年(1480年)之前,竟连退休金也不给。《典故纪闻》第十五卷载:成化十五年户部尚书杨鼎退休,皇帝特地加恩,每个月仍给米二石。这两石大米,价值不过五百元人民币,就算是开了大臣退休给米的先例。户部尚书相当于现在的财政部部长,退休金才给五百元,其他人可想而知。

如果看看当时著名清官的生活和家庭财产,可能会对

---

① 参见(明)余继登著《典故纪闻》第十五卷,中华书局,2006年3月版。

明朝官员的实际收入产生更悲观的估计。

海瑞是一个肯定不贪污不受贿,也不接受任何"灰色收入"的清官。这位清官在浙江淳安当知县的时候,穷得要靠自己种菜自给,当然更舍不得吃肉。有一次海瑞的母亲过生日,海瑞买了二斤肉,这条消息居然传到了总督胡宗宪耳朵里。第二天,总督发布新闻说:"昨天听说海县长给老母过生日,买了两斤牛肉!"

海瑞最后当到了吏部侍郎,这个官相当于现在的中组部副部长。这位副部长去世之后,连丧葬费都凑不齐。监察部的部长助理王用汲去看,只见布衣陋室,葛帏(用葛藤的皮织的布,比麻布差)还是破的,感动得直流眼泪,便凑钱为他下葬。当时有一个叫朱良的人去海瑞家看,回来写了一首诗,其中有四句可以作为海瑞真穷的旁证:"萧条棺外无余物,冷落灵前有菜根。说与旁人浑不信,山人亲见泪如倾。"

这就是辛勤节俭了一生的清廉正直的官员应得的下场么?

海瑞是明朝晚期嘉靖和万历年间的清官。比他再早一百年,在明朝中期的成化年间,有个叫秦纮的清官。秦纮为人刚毅,勇于除害,从来不为自己顾虑什么。士大夫不管认识不认识,都称其为伟人。正因为他清廉,坚持原则,分外之物一文不取,便闹得妻子儿女"菜羹麦饭常不饱",家里人跟着他饿肚子。

成化十三年,秦纮巡抚山西,发现镇国将军奇涧有问题,便向皇帝揭发检举。奇涧的父亲庆成王为儿子上奏辩护,同时诬陷秦纮。皇帝当然更重视亲王的意见,就将秦纮逮捕,下狱审查。结果什么罪也没审出来。宦官尚亨奉命去抄家,抄出来的只有几件破衣裳。宦官报告了皇帝,皇帝叹道:他竟然能穷到这种地步?于是下令放人。

这二位清官的家境,大概足以证明正式工资不够花了。

请留意,比起普通官员来,清官们还少了一项大开销:他们不行贿送礼,不巴结上司,不拉关系走后门。韩一良说的那数千两银子的费用——打点上司、招待往来的客人、晋级考核和上京朝觐等,就算是两千两银子,即二十万至八十万人民币的花销,大都可以免掉了。譬如海瑞上京朝觐,不过用了四十八两银子。由于他们真穷,真没有什么把柄,也真敢翻脸不认人地揭发检举,而且名声又大,免掉也就免掉了,一般人也不冒险敲诈他们。但是腰杆子没那么硬的小官,不仅会被敲诈,还会被勒索——当真用绳子勒起来索。为了证明这类开支是刚性的,决非可有可无,我再讲一个故事。

海瑞在淳安当知县的时候,总督胡宗宪的公子路过淳安,驿吏招待得不够意思。驿吏相当于现在的县招待所所长兼邮电局局长,而总督是省部级的大干部。我猜想,这也不能怪驿吏不识抬举,肯定是被海瑞逼的。海瑞到了淳安,锐意改革,整顿干部作风,禁止乱收费,把下边的小官收拾得战战兢兢,想好好招待也未必拿得出像样的东西来。胡公子受到冷落便生了气,叫人把驿吏捆了,头朝下吊了起来——这就是节省开支的下场。

海瑞接到报告,说:过去胡总督有过指示,要求自己的人外出不许铺张招待。今天这位胡公子行李如此多,必定是假冒的。于是将胡公子扣押,从他的行囊里搜出了数千两银子,一并没收入库。这数千两银子,也像前边一样算作二千两吧,根据贵金属价格和购买力平价的不同算法,其价值在二十万至八十万人民币之间。公子出行一趟,收入如此之多,想必胃口大开,期望值也被培养得很坚挺,到了穷馊馊的淳安,诸事都不顺心,理所当然要发发脾气。不幸的是,他碰上了中国历史上罕见的海青天。海瑞扣押了胡公子,没收了他的银子,再派人报告胡总督,说有人冒充他的公子,请示如何发落。弄得胡宗宪哑巴吃黄连,有苦说不出。不过,此事供说笑则可,供效法则不可。试想,天下有几个海瑞?如果不是海瑞在后边豁出命顶着,那位驿吏会有怎样的下场?痛定思痛,他又该如何总结经验教训?

驿吏属于胥吏阶层,比入流的有品级的正式"干部"低,相当于"工转干"的级别中的职工。这些人更穷一些,平均工资大约只有正式干部的十分之一,大概每个月一石米,价值不过相当二百五十元人民币。但在人数上,自然比正式干部多得多。

比胥吏的级别更低,人数更多的,是胥吏领导下的衙役。这是一些不能"转正"的勤杂人员。譬如钟鼓夫,譬如三班衙役,即现在的武警、法警和刑警。明朝的地方政府使用勤杂人员,最初都靠征发当地老百姓无偿服役。既然是无偿服役,衙役就不算政府的工作人员,政府也不发工资,只给一点伙食补贴,叫做工食银。这些钱,用清朝人傅维麟的话说,"每日不过三二分,仅供夫妇一餐之用。"他问道:一天不吃两顿饭就会饿得慌,这数十万人肯空着肚子瘦骨伶仃地站在公堂之侧,为国家效劳么①?

无论哪朝哪代,人的一生必定要做平一个等式:一生总收入等于一生总开支。节余的是遗产,亏损的为债务。官员们要努力把这个等式做平,最好还要做出节余来恩泽子孙。而明朝规定的工资注定了他们很难做平。韩一良说了,工资就那么一点。我们也算了,县太爷的月薪相当一千一百三十元人民币。这样一年也不足一点四万,十年不吃不喝也攒不够十四万。而孝敬上司、送往迎来拉关系和考满朝觐这三项,就要花费二十万至八十万。韩一良没有说这笔巨款是几年的开销。孝敬上司和送往迎来是年年不断的,外地官员上京朝觐是三年一次,考满则需要九年的时间。即使按照最有利于开销者的标准估计,九年花二十万,这个大窟窿需要县太爷全家十四五年不吃不喝不穿不用才能填平。我还没有计算养老和防病所必须的积蓄。

---

① 参见《皇清经世文编》卷二十四。

相差如此悬殊的人生不等式,怎能做得平?勉强去做,当然不能保证相对体面的生活,不能让老婆孩子不絮叨,不能留下像样的遗产,弄不好还有头朝下被领导吊起来的危险。另外,在开支方面还有一个比较的问题。人总会留意自己的相对地位的,都有"不比别人差"的好胜心。而县太爷每年的那些收入,并不比自耕农强出多少。手握重权的社会精英们,能心甘情愿地与自耕农比肩么?

考虑到上述的收支平衡问题,崇祯向韩一良追问五百两银子的来历,便显得很不通情理。这位在深宫里长大的皇上毕竟年轻。在逻辑上,他首先要做的不是处罚送银子的官员,而是计算整个生命周期的账目,把显然做不平的预算摆平,然后再号召文官不爱钱。当然,明末财政危机,官吏的人数又多到了养活不起的地步,要求大幅度增加工资,纯粹是痴人说梦。但这属于另外一个问题。并不能因此说,造成官员收支的巨大缺口是合理的政策。这种政策就好比牧人养狗,每天只给硕大的牧羊犬喝两碗稀粥。用这种不给吃饱饭的办法养狗,早晚要把牧羊犬养成野狗,养成披着狗皮的狼。

现在似乎可以理解支撑韩一良对抗皇上的力量了。这是现实和理性的力量。整个官吏集团已经把俸禄外的收入列入了每年每日的生活预算,列入了十年八年甚至整个生命周期的预算,没有俸禄外收入的生活和晋升是不可想象的。韩一良没有力量与现实的规矩对抗,他也没有打算对抗，并不情愿当这样的清官。作为最高层的监察官员，韩一良公开向皇上说明，朝廷的正式规矩是无法遵行的。他也把灰色收入视为理所当然，视为生活中必不可少的一部分。

这是一个明确信号：在皇上身边的心腹眼中，俸禄外收入已经在事实上获得了合法地位。以不同的名目，按不同的数量收受财物，已经成为未必明说但又真正管用的潜规则。这就意味着清官从上到下全面消失。与此同时，正式的俸禄制度则成了名存实亡的制度，这套正式制度也确实不配有更好的命运。它就像善于将老百姓逼上梁山一样善于逼官为盗。

总之，从经济方面考虑，清官是很难当的。那时的正式制度惩罚清官，淘汰清官。硬要当清官的人，在经济上必定是一个失败者。当然，这里算的都是经济账，没有重视道德操守。道德操守是官僚集团自始至终卖力挥舞的一面大旗，它翻滚得如此夺目，根本就不容你不重视。我完全承认，道德的力量是有效的，海瑞的刚直不阿可以为证；但道德的力量又是有限的，海瑞的罕见和盛名也可以为证。

附记：

明朝的白银一两，大约相当于现在的三十七克多一点。银子的购买力，在明朝不同时期和不同地区的波动很大，有一两银子买七石大米的时候，也有一石大米卖一两六钱银子的时候。崇祯年间的米价普遍较高。整个明代平均起来，每石粳米似乎在零点七两上下。

明朝的大米一石，大约相当于现在一点零七三石，即一百零七升。我不知道俸禄米一般是稻谷还是加工好的大米，不知道是粳米还是糙米，还不清楚应该用现在大米的收购价、批发价还是零售价。京官领到的俸禄经常是加工好的大米，当时叫做白粮。根据加工好的白米每石一百六十斤，明朝的一斤为五百九十克的说法，一石白米为九十四点四千克。写这篇文章的时候，北京每千克粳米的零售价在二点六元人民币左右。本文的计算就是根据这些一概从优的假设。

实际上，当时每月只发给一石大米，每年发十二石，这叫本色。上上下下都是这么点。其余部分要折银、折钞、折布发放，这叫折色。按照常规，正七品的县太爷每年实际领到手的是十二石大米，二十七点四九两银子，三百六十贯钞（参见万历《明会典》卷三十九）。这三百六十贯钞，名义上顶了三十六石大米（十贯钞折俸一石），但是较起真来，由于钞法不行，货币严重贬值，这笔钱在市场上未必能买到四石大米。这样计算起来，明朝知县每个月的工资只相当一千一百三十元人民币。按照明朝的规矩，官越大，折色所占的比重越大，吃亏越多。

恶政是一面筛子

恶政好比是一面筛子,淘汰清官,选择恶棍。

1

东汉中平二年(185年)二月的一天,皇都洛阳的南宫起火。这场大火烧了半个月,烧掉了灵台、乐成等四座宫殿。《古诗十九首》中描写洛阳的皇宫说:"两宫遥相望,双阙百余尺。"两宫相距七里而可以遥遥相望,门前的两座望楼竟有百尺之高,由此可以推想皇宫的规模和巨额耗资。皇宫的这场大火搅乱了帝国的财政预算。皇上要给自己家盖新房,这笔额外开支从哪里出?

这时,太监张让和赵忠给二十八岁的汉灵帝出了一个主意。他们建议皇上发出命令,天下田每亩要交十钱。此外,各级官员升官上任,也要先交一笔钱,用于修建宫室。

汉灵帝欣然采纳了这二位太监的建议。于是,帝国官员上任之前,一概要到一个叫西园的地方问价交钱。这种勾当看起来很像卖官鬻爵,后来也确实发展成为赤裸裸的卖官鬻爵。

钜鹿太守司马直是个有名的正派人,他接到了一项新的任命,上任前也要交钱。因为名声清廉,对他特别优惠,交三百万即可上任。公平地说,这个要价确实不高。在公元188年建置州牧之前,东汉各郡的太守就是地方最高行政长官,地位近似现在的省委书记兼省长。这个级别的官员的俸禄是每年二千石,按照当时的行情,买这种高官要花上二千万钱,而人家向司马直要的钱还不足时价的二成。但是话又说回来,太守每月的正式工资才多少?折成铜钱,不过一万三千①。皇上要的三百万,相当于司马直十九年的工资。如果不打折,按原价交足两千万,更相当于太守们一百二十八年的工资。若不搜刮百姓,这笔巨款从何而来?如何填补?

《后汉书》说,司马直接到诏书,怅然道:"为民父母的,反而要割剥百姓,以满足现在的苛求,我不忍心呀。"于是上书,说自己身体不好,请求辞去任命。上边不批准,司马直只得上路。走到孟津,快到洛阳门口了,司马直也做出了最后决定。他给皇上写了一封信,极力陈说当时政策的失误,

---

① 参见《后汉书》志第二十八结尾处,荀绰的《晋百官表注》,中华书局,1965年第一版。

讲古今祸败的教训，写完后服毒自杀。汉灵帝看到他遗书之后，一时良心发现，暂时停收修宫钱①。当然这只是暂时的，不久皇上的良心又不见了。

汉灵帝向官员预征的这笔修宫室的钱，连同后来充分发展为卖官鬻爵的收入，很像是一笔承包费。皇上派官员下去当官征税，治理百姓，并发给他工资，这本来是很清楚的官僚制度。但是皇上和他的参谋们心里明白："一税轻，二税重，三税是个无底洞。"在各项正式的赋税收入之外，多数地方官还有个小金库，有大量的灰色甚至黑色收入。这是一笔黑灰色的钱，你问起来谁都不承认，实际上数量又不小；管理起来难度很大，但是让下边独吞又不甘心。于是皇上就采取了大包干的政策：交够了我的，剩下是你的，不交不许上任。实际上，这是对黑灰色收入的批准、强求和分肥。这条政策一出，本来不收黑钱的清官也非收不可了。这就是司马直的真实处境。

司马直以父母官自命，他遵循的是儒家规范。这本来是官方倡导全国奉行的正式行为规范，但是当政者对官员的实际要求与这些规范的冲突太大，司马直除了上疏劝告或者辞职之外又不能有其他反对的表示，不然就与忠君的要求相冲突，结果他只好用毒药将自己淘汰出这场僵局。如此激烈的自我淘汰当然是罕见的，不那么富于代表性。

---

① 《后汉书》卷七十八，张让列传，中华书局，1965年第一版。

我们还需要讲一些比较寻常的故事,同时也进一步看看,那些活蹦乱跳地交钱承包的人,到任之后会做出什么事来。

2

转眼又过了一千四百多年。明朝万历二十四年(1597年)三月九日夜,北京紫禁城内的坤宁宫失火,大火蔓延到乾清宫,皇上和皇后的住处被烧了个干净。第二年,皇极殿、建极殿和中极殿也失火被烧掉了。于是万历皇帝又遇到了汉灵帝的问题:盖新房的额外开支从哪里出?万历的办法是开发矿业并增加临时税种,亲自安排得力的宦官到全国各地开矿,征收矿税、店税、商税和船税,收来的钱直接进皇宫,不进国库,属于皇上的私房钱。

征税不同于卖官鬻爵,属于皇上的正当权力,难道可以叫恶政么?这要看怎么说。按照现代的说法,税收就是老百姓向政府支付的公共服务费用,可以用于维持社会秩序,保卫国家安全,支付公务员工资,但是不能用来给公仆的家庭建造豪宅,因此万历皇帝加税盖新房就是恶政。在这个问题上,帝国制度的意识形态当然有不同看法。皇上是什么人?皇上是天子,是万民之主,是人间的最高领导。天子要征一些与公共服务完全无关的税费,给自己营造宫室别墅和坟墓,供养后宫的众多佳丽和伺候她们的数以千计的阉人,这是天公地道的事情。这一点,当时的老百姓完全认账,谁叫人家是皇上是天子呢,天命如此,凡人掏钱就是了。

但是,即使是专制帝国,也要遵守一定的规矩。帝国征收的税费已经包括了从官员工资到后宫胭脂钱的所有项目,其中皇家占用的比例相当高。譬如正德、嘉靖之后,皇家的伙食费每年要花三十六万两白银,仅此一项就占帝国全年白银收入的十分之一左右。面对这种类型的收支账单,老百姓已经老老实实地掏钱结账了,你尽可以慢慢修你的宫室。反过来说,你提供的公共服务却充满了假冒伪劣的货色,不治水不救灾,盗贼遍地,豪强横行,你这个天子是如何代理天道的?不敢跟你较真退货甚至另请高明也就罢了,凭什么还叫老百姓额外掏钱给你修宫室?这个道理,即使是儒家经典培养出来的帝国官员也知道讲不通,于是举朝上下一片反对之声,纷纷要求皇上取消矿税。

万历根本就不理睬那些文官的瞎嗡嗡,他派遣阉官去各地办理此事。阉官乃是皇帝的家奴,通常是文盲,读不了圣贤书,也没有后代,并不惦记着对历史对后代对天下负责,除了讨皇上的欢心之外再没有别的责任和义务。他们需要上缴的税额也有点承包的色彩:听说某地有什么矿,有什么可征的税,可以弄到多少钱,便拍了胸脯带着亲信下去弄。果真完成了任务当然很好,没有完成也没有什么大不了的。更常见的是完成了任务却假装没有完成,反正皇上也搞不清楚。

陈奉是万历特派到湖广(今湖南、湖北)征税采矿的阉官,论级别不过是正八品,相当于科级干部,论权势则能与省级大官相抗衡。他率领着一帮主动投靠来的亲信党羽横行湖广,《明史》上说他"剽劫行旅,恣行威虐",也就是说,征税征到了与拦路抢劫差不多的程度。他还下令大规模挖坟掘墓找金子。他的党羽们十分威风,敢在光天化日之下闯入民家,奸淫妇女,有的干脆将妇女掠入税监办公的官署。当地的官员难免有看不惯的,对他的工作就不那么配合,当地商人和百姓更对他恨之入骨。

有一回,老百姓听说陈奉要从武昌到荆州征收店税,数千人聚集在路上鼓噪起哄,争着冲他扔石头。陈奉逃掉之后,便向皇上告状,点了五个不配合他工作的官员的名字,说他们煽动老百姓动乱。万历本来是一个"占着茅坑不拉屎"的皇上,不上班不办公,所有的请示汇报基本不看,但是对家奴的报告则迅速批示。陈奉告发的五个官员,两个被抓,三个被撤,其中有两个还是四品知府[①]。

按说这形势已经很清楚了,陈奉的来头太大,惹不起。但是一个叫冯应京的五品佥事偏偏不长眼。万历二十九年正月,陈奉摆酒请客,放火箭玩,把老百姓的房子烧了。老百姓拥到陈奉的门口讨说法,陈奉派兵出去镇压,打死了不少老百姓,又将死者的尸体切碎扔在路上震慑百姓。《明史》上说,湖广巡抚支可大"噤不敢出声",而冯应京偏偏上疏

---

① 《明史》卷一百九十三,宦官列传,中华书局,1974年4月第一版。

向皇上告陈奉的状。陈奉见冯应京告状,也反过来告冯应京的状,说他阻挠皇命,欺凌皇上派来的特使。皇上听陈奉的不听冯应京的,发了怒,贬了冯应京的官,将他调到边远的地方去。这时又有两个实在看不下去的监察官员自己跳了出来,一个是给事中田大益,一个是御史李以唐,他们请求皇上原谅冯应京,说陈奉不好,还说皇上把豺狼派到了天下各地,专门吃好人。皇上更生气了,你劝我饶他我偏不饶,干脆下令将冯应京除名①。

陈奉这里则不断向皇上打报告,他说他派人去枣阳开矿,枣阳知县王之翰、襄阳通判邸宅、推官何栋如也阻挠破坏,皇上又下令将他们撤职。这时负责监察工作的要员,都给事中杨应文又跳了出来,请求皇上原谅这三位。这些人也不看皇上的脸色,一个接一个地往外跳,很像是成心惹皇上生气。皇上也真生了气,干脆派锦衣卫去武昌,把陈奉告的那些人全都抓到北京关入监狱,处罚再次升级。

冯应京是个清官,在当地收拾奸豪,制裁贪官污吏,声望甚高。锦衣卫到达武昌的时候,老百姓听说要抓冯应京,竟有人痛哭流涕。陈奉则得意洋洋,一副小人得志的样子,将冯应京的名字和罪状大大地写了,张贴在大街闹市。老百姓怒不可遏,上万人包围了陈奉的住所,陈奉害怕了,就

---

① 《明史》卷二百三十七,冯应京列传,中华书局,1974年4月第一版。

逃到楚王的王府里,他的六个爪牙没跑掉,被愤怒的群众投进了长江。锦衣卫中也有被老百姓打伤的。陈奉躲进楚王府后,一个多月不敢露面,请求皇上让他回北京。皇上将陈奉召回的时候,这家伙搜刮的"金宝财物巨万",在重兵的护送下,"舟车相衔,数里不绝"。而冯应京被押解时,老百姓"拥槛车号哭,车不得行"。还是冯应京自己穿着囚衣坐在囚车里劝老百姓不要闹了。

冯应京和另外几个阻挠陈奉的官员被押到北京后,拷讯关押,三年后才被释放。那个阻挠开矿的知县则瘐死狱中。而陈奉回京后什么事情也没有,有两个监察官员说他的坏话,又被皇上撤了职。

陈奉只是万历年间诸多的矿使税监之一,但这一个陈奉的脚下就躺着一片经他手淘汰出局的清官。而大大小小的陈奉们各自率领着数以百计的恶棍党羽横行霸道,"吸髓饮血,以供进奉"。进奉给皇上的大概有十分之一,十分之九进了他们自己的腰包,承包利润高得惊人。结果闹得"天下萧然,生灵涂炭"。

3

最初读到上边那些故事的时候,我心里总有些怀疑。最叫我怀疑一点,就是矿使和税监们太坏了。在我的生活常识里,纯粹的恶棍就像纯粹的圣人一样罕见,怎么皇上派下去的那些宦官竟然是清一色的坏蛋？这未免太凑巧了。我想，中国史书倾向于把太监和女人描写成祸水，为皇上或者为专制制度开脱责任，恐怕不能全信。

帮助我想通此事的，是一本描写1900年—1942年的华北农村的书，那里讲了清末民初北京良乡县吴店村的村长变换的故事①。

清朝末年，良乡吴店村的公共事务由村中精英组成的公会负责，这些精英通常是比较富裕又受过一些教育的人，社会声望比较高。当时的捐税很轻，首事们往往自己交纳而不向村民征收，因为他们更在乎声望和地位，不太在乎那点小钱。

1919年开始，军阀们在北京周围争夺地盘，先后有直皖之战和三次直奉之战，军阀们毫无节制地向村庄勒索后勤供应。这时，不愿意勒索村民，自己又赔不起的村长就开始离开公职，而把这个职位当做一种捞油水的手段的人们则顶了上来。这时候出来当村长的两个人，先后都因贪污和侵吞公款被县政府传讯。赔款出狱后，这样的人居然还能继续当村长，因为没有好人愿意干。

这就是说，当政权大量征收苛捐杂税的时候，比较在乎荣誉的人就从村级领导的位置上退出了，这类人就是司马直那样的人物。而替换上来的，通常是敢于也善于征收苛

---

① 〔美〕杜赞奇：《文化、权力与国家——1900年—1942年的华北农村》，江苏人民出版社，2003年8月版，页165。

捐杂税的人物,譬如陈奉那样的人物。更明白地说,一个变质的政府,一个剥削性越来越强、服务性越来越弱的政府,自然也需要变质的官员,需要他们泯灭良心,心狠手辣,否则就要请你走人。这就是此前三百年陈奉与冯应京相替换的背景,也是此前一千七百年司马直自我淘汰的背景。在这种背景下,清官和恶棍的混合比例并不是偶然的巧合,而是定向选择的结果。恶政好比是一面筛子,淘汰清官,选择恶棍。

4

元代以后的地方行政建制有省、府、县,承担行政职能的最底层是里(村庄)。我们已经提到了省、府和村庄一级的筛选情况,还缺一个县级。在矿使税监横行天下的万历年间,文学史上著名的散文家袁宏道正在苏州府的吴县当县令,他后来托病辞职了。袁宏道的书信中有许多对自己当官的感觉的倾诉,叫苦连天,读来却颇为真切。通过这些书信,我们可以进入当时县级官员的内心世界看一看。

袁宏道写道:

> 弟作令备极丑态,不可名状。大约遇上官则奴,候过客则妓,治钱谷则仓老人(引者注:治钱谷就是征税。仓老人是在最基层征收皇粮的杂役,经常干些吹毛求疵克扣自肥的勾当),谕百姓则保山婆(引者注:即媒

婆）。一日之间，百暖百寒，乍阴乍阳，人间恶趣，令一身尝尽矣。苦哉，毒哉。

作吴令，无复人理，几不知有昏朝寒暑矣。何也？钱谷多如牛毛，人情茫如风影，过客积如蚊虫，官长尊如阎老。以故七尺之躯，疲于奔命。

……然上官直消一副贱皮骨，过客直消一副笑嘴脸，簿书直消一副强精神，钱谷直消一副狠心肠。苦则苦矣，而不难。惟有一段没证见的是非，无形影的风波，青岑可浪，碧海可尘，往往令人趋避不及，逃遁无地。难矣，难矣。

在袁宏道的感觉中，堂堂县太爷的角色，对他个人品格的要求就是奴才般的贱皮骨，妓女般的笑嘴脸，搜刮百姓的狠心肠，媒婆般的巧言语，处理文牍的好耐性，总之是一副丑态。在这些丑态里，搜刮百姓的狠心肠与陈奉之流的作为是近似的，这里不再多说。至于伺候上官及讨好过客，这些都是官场必需的应酬，其实质是搜刮百姓之后的利益再分配，是民脂民膏的分肥。官场宦游，谁知道明天谁富谁贵？培植关系本来就是正常的投资，不得罪人更是必要的保险。陪着转转，一起吃两顿，送点土特产，照顾点路费，怎么就把人家说成吸血的蚊虫？再说，吴县刮来了民脂民膏别人沾点光，别人刮来了他袁宏道也可以去沾光。这是一张人人都要承担责任和义务的官场关系网，袁宏道在圣贤书里没有读到这些规矩，居然就如此满腹牢骚，恐怕要怪他太理想主义了。

袁宏道说,他自己在少年时看官就好像看神仙一样,想象不出的无限光景。真当上官了,滋味倒不如当个书生,劳苦折辱还千百倍于书生。他说,这就好比婴儿看见了蜡糖人,啼哭不已非要吃,真咬了一口,又惟恐唾之不尽。作官的滋味就是这样①。

袁宏道的感觉书生气十足,只能代表一部分被官场淘汰的人。在实际生活中,他惟恐唾之不尽的东西,有的人拼命要从人家嘴里往外抠,有的人则含在嘴里咬紧牙关,死死捂住,惟恐被别人抠走。拉关系走后门,巴结讨好分肥,乐此不疲者满世界都是。

5

其实,汉灵帝和万历本人都不是恶毒得不可思议的魔鬼。

汉灵帝的最大乐趣之一,就是在后宫里扮装小商贩,让宫女们也扮装成各种商贩,做各种买卖,他穿上一身小商贩的衣服周旋其间,坐在假装的酒楼里喝酒。后代的史学家对此很不以为然,但是我们似乎也不好责备他心理变态。汉灵帝很有一点马克思描绘的资本家性格,能在资本的增

---

① 《袁中郎随笔》,作家出版社,1995年版,页75、84、94。

殖中获得巨大的乐趣。这本来是在人类历史上大有贡献的品格。此外,他还是一个可以被感动的人,可以为了司马直的一封遗书暂时抑制自己的乐趣。问题是他当了皇上,当了名义上的公众利益的代表者,这样的代表显然不应该以搜刮公众的财富为乐趣。但是话又说回来,当不当皇上并不是由他本人决定的。

万历也不是纯粹的恶棍。冯应京被捕后不久,皇上曾有一次病危,他召来了首辅大臣,对他交代后事,皇上口授的遗嘱听起来通情达理。皇上说:先生到前边来。我这病一天比一天重了。享国已久,没什么遗憾的。佳儿佳妇就托给先生了,请你辅导他当一个贤君。矿税的事,我因为宫殿没有完工,用了这个权宜之策,今可与江南织造、江西陶器一起废止不要了,派遣出去的内官都叫他们回京。法司也把久系的罪囚释放了吧。因为提建议而获罪的诸臣都恢复官职,给事中和御史就如所请的那样批准补用好了。我见先生就是这些事①。

由此可见,万历心里也明白是非,不过他的病第二天刚见好,立刻就后悔了,继续征他的矿税,一直征到十八年后他真死掉为止。他似乎是一个很懒惰也很缺乏自制力的人,但任何人都拿他的懒惰和缺乏自制力没办法,结果就是恶棍横行。

---

① 《明史》卷二百一十八,沈一贯列传,中华书局,1974年4月第一版。

恶政选择了恶棍,恶政本身又是如何被选择的呢?立皇帝就如同掷色子,皇帝的好坏主要靠碰运气。以明朝的十六个皇帝论,不便称之为恶筛子的不过五六个,大多数不能算好东西,可见恶政被选中的概率相当高。东汉九个皇帝,不算恶筛子的只有三个,与明朝的恶政出现概率差不多。东汉的多数恶筛子,譬如汉灵帝,登基时还是个小孩子,近乎一张白纸;嘉靖和万历之流年轻时还算不错,后来却恶得一塌糊涂,可见恶政被培育出来的概率也不低。帝国制度很善于把常人难免的弱点和毛病培育为全国性的灾难。

6

最后该说说交税的老百姓了。

明周晖在《金陵琐事》中讲了一个小故事:

> 在矿税繁兴的时候,有一个叫陆二的人,在苏州一带往来贩运,靠贩卖灯草过活。万历二十八年,税官如狼似虎,与拦路抢劫的强盗没什么差别。陆二的灯草价值不过八两银子,好几处抽他的税,抽走的银子已经占一半了。船走到青山,索税的又来了,陆二囊中已空,计无所出,干脆取灯草上岸,一把火烧了。作者评论道:此举可谓痴绝,但心中的怨恨,不正是这样么!

我估计,当地的灯草种植和销售行业大概也完蛋了。

作者也说，重税造成了万民失业的结果。这就是恶政和恶棍集团的根基，一个在自我毁灭的循环中不断萎缩的根基。

《明史记事本末》的作者谷应泰是清朝人，他在记叙矿税始末的结尾处有一段关于利益集团的精辟分析。他说：

> 开始是因为征矿税而派设宦官，后来这些宦官的命运就与矿税连在一起了。开始是因为宦官谄媚迎合而让他们征矿税，后来这些宦官肥了，便结交后宫，根子越扎越深。

这就是矿税不容易废除的原因。由此看来，清朝的史学家已经意识到，恶政可以培育出一个自我膨胀的具有独立生命的利益集团。这个集团在最高层笼络皇亲影响皇帝，在官场中清除异己，在各地招收爪牙，在民间吸吮膏血——肥肥壮壮地扩展自己的生存空间，一层又一层地自我复制。势力所及之处，人们之间的关系越来越不成体统，实施的政策也越来越背离帝国公开宣称的政策。

恶政与恶棍集团相得益彰，迅速膨胀到老百姓不能承受的程度，一个王朝的循环就临近终点了。在万历死去的时候，距离该轮循环的终点还有二十四年。在汉灵帝卖官鬻爵修复宫殿的时候，离他本人实际上也是东汉王朝的"脑死"日期只剩下四年。

皇上也是冤大头

撑死胆大的,饿死胆小的。用不了多久,大家便认清了皇上的真面目。原来皇上是个冤大头。你糊弄了他,占了他的便宜,捞了他一把,他照样给你发工资,照样给你印把子,照样提拔你升官。

1

明朝也流传着一些官场笑话,《万历野获编·补遗》中就记载了有关钱能的两条。

钱能是成化、弘治年间(1465—1505年)的著名太监,奉成化皇帝之命镇守云南。镇守太监这个岗位是明初的洪熙皇帝设立的。皇上不放心下边的官员,就派那些经常在自己身边工作的太监下去盯着。应该承认,这样做是很有必要的。明朝的官员经常糊弄皇上,皇上也建立过一些监督制度，譬如派遣监察御史下去巡查，奈何这些御史也可能被收买，甚至会逼着人家掏钱收买，然后和被监察者一起糊弄皇上。所以，派遣家奴们下去替皇上盯着，这已经是"上有政策下有对策"式博弈的第三回合了。皇上被逼无奈，到此亮出了最后的武器。试想，再派下去还能派谁？而且仔细想来，太监不好色，没有老婆孩子，一个人吃饱了全家不饿，应该比一般官员的私欲少些。设身处地替皇上想想，我们不能不敬佩皇上选贤任能的良苦用心。

问题在于，钱能之类的最后预备队也乐意被收买。更要命的是，镇守太监们权力极大，有合法伤害众人的能力，下边便不敢不来收买。

当时云南有个富翁，不幸长了癞。富翁的儿子偏偏又是一位有名的孝子，很为父亲的病痛担心。于是钱能把这位孝子召来，宣布说：你父亲长的癞是传染性的，要是传染给军队就糟了。再说他又老了。现在，经研究决定，要把他沉入滇池。孝子吓坏了，立刻就想到了收买。他费了许多心思，掏了一大笔钱，反复求情，最后总算取得了领导的谅解，撤消了这个决定。

当时云南还有个姓王的人，靠倒卖槟榔发了财，当地人都叫他槟榔王。钱能听说了，便把这位姓王的抓了起来，道："你是个老百姓，竟敢惑众，僭越称王！"书上没有仔细描绘这位槟榔王的反应，但我敢肯定，无论是什么季节，他听到这个罪名之后一定汗如雨下。擅自称王就是向皇上宣战。谁抓住这个王,谁的功劳就大得足够封侯了。槟榔王深知这个罪名的厉害,他不惜一切代价消灾免祸,史书上说他"尽出其所有",才算逃过了这一劫。

《万历野获编》的作者说,钱能的贪虐,古来无有。后来,在镇守云南的官员中,贪求无厌的人也不少,但是听说钱能做的这两件事,没有不失笑的。《万历野获编·补遗》完成于万历四十七年(1618年),作者沈德符是浙江嘉兴人,与钱能的精彩演出相隔一百五十余年,相距约两千公里。可见此事流传之久远。

明朝的中后期也存在失业问题。人多地少,人口过剩,在生存资源的竞争中失败的人们,最后便沦为流民。追究起来,明朝在很大程度上就亡在流民手里。没有流民,老百姓安居乐业,闯王恐怕只能当个小团伙的头头。甚至闯王李自成本人也不会去闯,他没有土地,又被驿站(邮电局兼招待所)裁员下岗,走投无路才加入了老闯王的团伙。钱能啃净了槟榔王,其作用正是制造李闯王。本来那位槟榔王可以给众多农民和小商贩带来生意,现在其中一些人却要失业甚至成为流民,从这个角度看,钱能啃的是皇上的命根子。考虑到本来还会有很多人愿意学习槟榔王,创造出更多的商业和就业机会,而槟榔王等人的遭遇却将他们吓了回去,钱能的影响就更显得要命了。

性质如此要命,并且影响久远的一个祸害,皇上又是怎么对付的呢?

皇上依靠耳目了解情况,御史和镇守太监都是皇上的制度性耳目,他们之间也有互相监督的义务。成化六年(1470年),巡按云南的御史郭瑞①给皇上写报告,专门汇报了镇守太监钱能的情况。郭瑞说:"钱能刚强果敢,大有作为,实现了一元化的领导。如今钱能生了病,恐怕要召还京师休养。乞求皇上圣恩,怜悯云南百姓,永远令他镇守云南。"皇上回答说,知道了。

耳目把皇上糊弄了。《万历野获编》的作者沈德符咬牙切齿地说:"钱能这个大恶棍,为天下人所痛恨,而郭瑞竟以监察官员的身份上奏保他,就是把郭瑞一寸一寸地剐了,也不足以弥补他的罪过。"但这只是气话。郭瑞似乎并没有出什么事,没人去追究他。蒙骗皇上又怎么样?蒙了还不就是蒙了。由此看来,皇上是个容易糊弄的冤大头。

钱能糊弄皇上连连得手,就有点不知天高地厚。他开始打交阯(即越南)和云南少数民族的主意。这在任何朝代都是一个危险而敏感的领域,事关边疆的稳定,动静很大,而且外族又不在你的治下,出了问题就不容易压住。果然,钱能派出的亲信惹出了麻烦。朝廷担心了,就派著名的清官,右都御史(监察部常务副部长)王恕去云南调查。王恕为人刚正清严,数年后国内传开两句民谣:"两京十二部,独有一王恕。"两京指首都北京和留都南京,每一京设有吏、

---

① 《万历野获编》补遗卷三"御史阿内侍"作"郭瑞",《明史》卷三百零四作"郭阳",中华书局,1974年4月第一版。

户、礼、兵、刑、工六个大部,这是明朝全套高干班子。可见王恕声望之隆。

王恕很快就查清了钱能的问题,向皇上奏了一本。其中最有分量的几句话是:"当年在越南问题上,就因为镇守太监选错了人,以致一方陷落。今日之事比当年还要严重。为了安定边疆,陛下还吝惜一个钱能么?"王恕的这笔利害关系账替皇上算得很透彻,钱能害怕了。他立刻托自己在皇上身边的太监哥们儿活动,将王恕召回。王恕很快被调任南京监察部当领导,钱能之围立解,一点事也没有了。

不仅没事,钱能还继续走运,先回北京跟皇上说了些王恕的坏话,撺掇皇上派了他一个苦差事。钱能自己则当上了南京守备,镇守南京军区。以职务而论,南京守备比镇守太监更显赫。南京是大城市,又是留都,生活条件比云南强多了。大名鼎鼎的太监郑和,当年下西洋回来,也就当了个南京守备①。

这个故事就好比家奴糊弄财主。家奴天天偷吃主人的鸡鸭猪狗,主人还给他加工资发奖金。家奴把主人的田地宅院偷偷卖了,主人还提拔他当管家。有人路见不平,揭发了家奴,主人不但不惩罚家奴,反而打了揭发者一巴掌。这样的主人,不是冤大头又是什么?

以上说的皇上是成化皇帝朱见深。这位皇上身材粗

---

① 参见《明史》卷一百八十二,王恕列传,中华书局,1974年4月第一版。

壮,说话有些结巴,反应也有些迟钝,但是心眼并不坏。奈何在去世前的十多年里,三十多岁的皇上迷上了春药和房中术,沉溺其中不能自拔,受到一个善于影响他的贵妃及其亲信太监汪直的控制。辅佐这位皇上的大臣也不得力,当时京城内外有"纸糊三阁老,泥塑六尚书"之说,可见那几位总理副总理和政府部长尸位素餐、混事糊弄的德行。这样的皇上不说也罢。

成化皇上的儿子弘治皇上,则是一个极其难得的好皇上。他身材瘦弱,据说长着明亮的眼睛和稀疏飘逸的胡须。这位年轻人满怀儒家的理想主义精神,对人生意义之类的问题感兴趣,而且努力按照圣人的教导严格要求自己。可惜十七岁即位,三十五岁就去世,只当了十八年皇上。在这样一位好皇帝的治下,钱能的命运又将如何呢?

1487年9月17日,弘治皇上登基。第二年年底,户部员外郎(财政部副司长)周时从上疏,请求依法惩办先朝遗奸汪直、钱能等辈,同时考核两京和各地的镇守太监。面对共同威胁,宦官集团迅速反击。他们仔细研究周时从的奏疏,挑出了一个书写格式方面的错误。本来,在提到皇上、祖宗、社稷、宗社之类尊贵词的时候,一定要另起一行,越出格外,顶着天书写,就好象文革中报纸上引用最高指示一定要用黑体字印刷一样。而周时从奏疏中的宗社就没有越格。这不是蔑视宗社吗?于是将周时从逮捕,交司法部门处治。钱能又平安无事了①。

　　钱能最终也没出什么事。《明史》上说完他的经历,最后交代了一句"久之卒。"似乎得了善终。《万历野获编》说他在弘治末年老死京师,弘治的儿子正德皇上登基,又赐葬最胜寺,哀荣也不算差了。不是说天网恢恢,疏而不漏么?不是说善有善报,恶有恶报么?钱能怎么就一漏再漏,作恶多端仍有善报呢?沈德符说,这使人们怀疑,究竟还有没有天道。

　　当时的人们显然不肯接受这种现实,就编了一个故事,说钱能的养子钱宁负责掌管他的钥匙,为了得到他的遗产,在他生病的时候下了毒药,把钱能毒死了。沈德符说,如果是这样,钱能也就不算漏网了。大家的心情是可以理解的,但是这个故事编得显然不合情理。除了钱宁这么一个养子,钱能在中国再不认得别的亲戚,遗产不给他又给谁?连钥匙都掌握在手里了,又无须亲自端屎端尿,何必给一个垂死的老人下毒呢?顺便交代一句,钱宁确实不是好鸟。后来他当了正德皇上的干儿子,皇上赐他姓朱,他的名片上就写着:"皇庶子朱宁"。朱宁掌管特务机构,在政界的实际地位排在最前边的三五位里,比养父还有出息。

---

① 参见《明通鉴》纪三十六,弘治元年十一月甲申,上海古籍出版社,1990年10月第一版。

2

钱能一而再,再而三地蒙混过关,并不是什么个别例外。即使励精图治的弘治皇帝,也经常被人糊弄得一塌糊涂。

弘治十七年(1504年)6月的一天,弘治皇上召见兵部尚书(国防部长)刘大夏。当时皇上三十四岁,已经登基十七年。刘大夏年近七十,进士出身,但工农兵和财政监察都管过,中央地方都干过,可谓阅历丰富。皇上召见刘大夏,是为了追问一句话。

起初,皇上任命刘大夏当兵部尚书,刘大夏说身体不好,推辞了多次。但皇上坚持让他干,刘大夏只得上任。见到刘大夏,皇上诚恳地问道:"朕好几次任用你,你好几次以病推脱,这到底是为什么?"刘大夏回答得也很诚恳,说:"臣老了,而且有病。依我看,天下已经到了民穷财尽的地步,万一出了乱子,兵部就要负起责任。我估量自己的能力不足以解决问题,所以推辞。"皇上听了,默然无语。

刘大夏对形势的判断,使皇上深感震动。现在,皇上特地将刘大夏召到便殿,追问道:"你以前说过一句话,说天下民穷财尽。可是祖宗开国以来,征敛有常,怎么会到今天这种地步呢?"

刘大夏说:"问题就在于征敛无常。譬如广西每年取木材,广东每年取香药,都是数以万计的银子。这类小事尚且如此,其他就可想而知了。"

皇上又问军队的状况,刘大夏说:"和老百姓一样穷。"

皇上又想不通了,说:"军队驻扎每月发口粮。出征还发出征补贴,为什么会穷呢?"

刘大夏说:"那些将领们克扣军粮的比例超过一半,又怎么会不穷呢?"

皇上叹息道:"朕当皇帝已经很久了,竟不知道天下军穷民困,我凭什么为人之主呀!"于是下诏严禁[①]。不过,从后来的情况看,仍旧是禁不住。

现在我们知道在位十七年的皇上究竟被糊弄到什么程度了:原来他眼中的世界只是祖宗常法和正式规定构成的世界。的确,按照正式规定行事,军民都不该这么穷。问题在于,他治下的世界,在很大程度上是由一些见不得人的潜规则支配运行的。钱能敲诈并走运的个案已经证明了这一点,大规模民困军穷的现实也表明,这种规则已经通行天下。而皇上对这类圣人不讲、书上不写的潜规则几乎全然不知。他可真天真呀。

我得声明一句:在皇上身边工作的干部,大多数还是好的或比较好的。著名的清官王恕当了一段吏部尚书(中组部长),选拔推荐了一大批刘大夏这样正直能干的人,史书上

---

① 参见《明通鉴》纪四十,弘治十七年六月,上海古籍出版社,1990年10月第一版。

说:"一时正人充布列位。"这在明朝要算相当难得的一段好时光。那么,皇上怎么会被糊弄到不了解基本状况的程度呢?他身边的好干部对情况又了解多少?

也是在弘治十七年,礼部尚书兼文渊阁大学士(近似中宣部和外交部部长兼国务院副总理)李东阳奉命去山东曲阜祭孔。一路上他看到了许多出乎意料的现象,感慨良多。回到北京后,李东阳给皇上写了份汇报,描述了亲眼见到的形势,分析几条原因。李东阳是当时的大笔杆子,这份上疏义写得直言不讳,一时广为传诵。

李东阳的上疏大意如下:

> 臣奉命匆匆一行,正好赶上大旱。天津一路,夏麦已经枯死,秋禾也没有种上。挽舟拉纤的人没有完整的衣服穿,荷锄的农民面有菜色。盗贼猖獗,青州一带的治安问题尤其严重。从南方来的人说,江南、浙东的路上满是流民逃户,纳税人户减少,军队兵员空虚,仓库里的粮食储备不够十天吃的,官员的工资拖欠了好几年。东南是富裕之地,承担着税赋的大头,一年之饥就到了这种地步。北方人懒,一向没有积蓄,今年秋天再歉收,怎么承受得了?恐怕会有难以预测的事变发生。

> 臣如果不是亲自经过这些地方,尽管在政府部门工作已久,每天还接触文件汇报和各种材料,仍然不能了解详细情况,更何况陛下高居九重之上了。

臣在路上作了一些调查,大家都说现在吃闲饭的太多,政府开支没有章法,差役频繁,税费重叠。北京城里大兴土木,奉命施工的士兵被榨得力尽钱光。到了部队演习操练的时候,宁死也不肯去。而那些权势人家,豪门巨族,土地已经多得跨越郡县了,还在那里不断请求皇上的赏赐。亲王到自己的封地去,供养竟要二三十万两银子。那些游手好闲之徒,托名为皇亲国戚的仆从,经常在渡口关卡都市的市场上征收商税。国家建都于北方,粮食等供应依赖东南,现在商人都被吓跑了,这绝对不是小问题。更有那些织造内官,放纵众小人搜刮敲诈,运河沿线负责政府税收的官吏也被吓跑了。小商贩和贫穷百姓被搅得骚动不安,这些都是臣亲眼看见的。

平民百姓的情况,郡县不够了解。郡县的情况,朝廷不够了解。朝廷的情况,皇帝也不够了解。开始于一点宽容和隐瞒,结果就是完全的蒙蔽。宽容和隐瞒在开端处很小,蒙蔽的结果则祸害很深。

臣在山东的时候,听说陛下因为天灾异常,要求大家直言无讳地反映情况。然而,尽管圣旨频频下发,下边上的章疏也充分反映了情况,一旦事情涉及到内廷和贵戚的利益,干什么事都被掣肘,成年累月地拖延,最后都被阻止了,放弃了。我恐怕今天的这些话,还要变成空话。请皇上把从前的建议找出来,仔细研究选择，决断实行。

皇上看了，称赞了一回，又感叹了一回，批转给了有关方面。

在上述事件、情景和当事人分析的基础上，我们也可以做一个总结了。

李东阳说了："老百姓的情况，郡县不够了解。郡县的情况，朝廷不够了解。朝廷的情况，皇帝也不够了解。"这大意是不错的。不过，按照他的说法，老百姓和皇帝之间只隔了两道信息关卡，即郡县和朝廷。实际上，在充分展开的情况下，老百姓和皇帝之间隔着七道信息关卡。直接接触老百姓的是衙役，这是第一关。衙役要向书吏汇报，这是第二关。书吏再向州县官员汇报，这是第三关。州县官员向府一级的官员汇报，这是第四关。府级向省级官员汇报，这是第五关。各省向中央各部汇报，这是第六关。中央各部向内阁（皇上的秘书班子）汇报，这是第七关。信息到达终点站皇上面前的时候，已经是第八站了。这还没有算府、省、中央各部的科、处、局和秘书们。即使在最理想的状态下，也不能指望信息经过这许多层的传递仍不失真。

更何况，信息在经过各道关卡的时候，必定要经过加工。在无数信息之中，注意了什么，没注意什么，选择什么，忽略什么，说多说少，说真说假，强调哪些方面，隐瞒哪些方面，什么是主流，什么是支流，说得清楚，说不清楚，这都是各级官吏每天面对的选择。

在权力大小方面,皇上处于优势,官僚处于劣势。但是在信息方面,官吏集团却处于绝对优势。封锁和扭曲信息是他们在官场谋生的战略武器。你皇上圣明,执法如山,可是我们这里一切正常,甚至形势大好,你权力大又能怎么样?我们报喜不报忧。我们看着领导的脸色说话。说领导爱听的话。我们当面说好话,背后下毒手。难道有谁能天真地指望钱能向皇上汇报,说我最近成功地完成了两次敲诈勒索么?如果干坏事的收益很高,隐瞒坏事又很容易;如果做好事代价很高,而编一条好消息却容易,我们最后一定就会看到一幅现代民谣所描绘的图景:"村骗乡,乡骗县,一级一级往上骗,一直骗到国务院。"

当然还有监察官员,包括御史、给事中和钱能那样的宦官。这是一个控制了信息通道的权势集团,他们的职责是直接向皇上反映真实情况。反映真实情况难免触犯各级行政官员的利益,于是他们很可能被收买所包围,收买不了则可能遭到反击。一般说来,收买的结局对双方都是有利的,对抗于双方都是有风险的。这方面的计算和权衡正是"关系学"的核心内容。官场关系学问题说来话长,以后再细说。反正,最后的结果是合乎逻辑的,这就是监察系统中说真话的人趋于减少。到了最严重的时期,譬如《万历野获编·补遗》说到的嘉靖末年,上边的恩宠和下边的贿赂互相促进,上下彼此蒙骗,作者竟说,他没听说过向皇上揭发贪官污吏之类的事情。贪赃枉法者无人揭发,这就意味着监察系统的全面失灵,皇上整个瞎了。

最终摆到皇上面前的,已经是严重扭曲的情况。在这种小眼筛子里漏出的一点问题,摆到皇上面前之后,也未必能得到断然处理。皇上的亲戚和亲信将拖延和减弱皇上的惩办决定。这也难为普通的皇上们。就连毛泽东主席那样的雄才大略,他的秘书田家英还说他"能治天下,不能治左右"①,还有江青在旁边捣乱。我们怎么好苛求那些在皇宫里长大的年轻人呢?

总之,都说皇上如何威严了得,而我们看到的分明是一个块头很大却又聋又瞎的人。他不了解情况,被人家糊弄得像个傻冒,好不容易逮住一个侵犯了他家的根基的人,想狠狠揍他一顿,左右又有亲信拉手扯腿,说他认错了人。说不定这人还真是他的亲戚。皇上本来就够孤独无助了,就算有点怀疑自己的亲信,总不能连他们一并收拾了吧?

3

在明朝二百七十六年的历史上,弘治皇帝恰好走在半途。他的处境并非他个人所独有,他只是一个长期持续的过程中的一环。这是一场持续了一代又一代,无休无止,看不见尽头的君臣博弈,是一场一个人对付百人千人的车轮

---

① 参见李锐著《庐山会议实录》,河南人民出版社,1996年6月版。

大战。别的朝代不说,在明朝,从开国皇帝朱元璋征讨杀伐开始,到亡国皇帝崇祯上吊结束,我们到处都能看到这局下不完的棋。

朱元璋平定中国之前,中国的形势很像是一场四国演义。朱元璋先吞了西边的一个,又惦记着吞东边的张士诚。他派人打听,听说张士诚住在深宫里养尊处优,懒得管事,就发了一通感慨。

朱元璋说:"我诸事无不经心,法不轻恕,尚且有人瞒我。张九四(士诚)终岁不出门,不理政事,岂不着人瞒!"

平定中国之后,朱元璋建立特务网,监督官员,努力维持着处罚贪官污吏的概率和力度。不断地发现,不断地处罚,不断地屠杀。但是这局棋似乎总也没个了结。朱元璋说:"我想清除贪官污吏,奈何早上杀了晚上又有犯的。今后犯赃的,不分轻重都杀了!"①

在这段话里,我听出了焦躁和疲惫。这种不耐烦的感觉将直接影响对局者的战斗意志。一旦松懈下去,失败就要降临了。

朱元璋是个责任感很强,很有本事的人,也是吃苦耐劳的意志坚强的人。他都不能取得彻底胜利,他的那些在深宫里长大的后代能超过祖宗么?

两个世纪之后,1644年4月24日,李自成兵临北京。

---

① 刘辰《国初事迹》,转引自吴晗《朱元璋传》,人民出版社,1985年10月第一版,页108、196。

25日午夜刚过,崇祯皇上来到景山的一棵树下,他要把自己吊死在这棵树上。崇祯在自己的衣襟上写了遗书,但他最终怨恨的似乎并不是李自成,而是不断糊弄他的官僚集团。他写道:"我自己有不足,德行不够,惹来了上天的怪罪。但这一切,都是由于诸臣误我。我死了没脸见祖宗,自己摘掉皇冠,以头发遮住脸,任凭你们这些贼分裂我的尸体,不要伤害一个百姓。"①

崇祯的怨恨自有道理。他在位十七年,受到了无数惨不忍睹的蒙骗糊弄,直到他上吊前的几个月,他的首辅(宰相)周延儒还狠狠地糊弄了他一回,把一次根本就没打起来的战役吹成大捷,然后大受奖赏。这场根本就不存在的大捷是周延儒亲自指挥的,就发生在离北京不过几十里地的通县,在皇上的眼皮底下。

一般而论,皇上和官吏集团是这样过招的:皇上说,你们都要按照我规定的办,听话者升官,不听话者严惩。官员们也表态说,臣等鞠躬尽瘁,死而后已。

实际上,必定有人利用一些小机会,试探性地违法乱纪一下。结果如何呢?一般来说,什么事都没有。皇上并不是全知全能的神仙,威胁中的雷霆之怒并未降临。于是这位占了便宜的官吏受到了鼓励,寻找机会再来一次。背叛一次,没有反应;再背叛一次,还没有反应。即使你本人没

---

① 《明史》卷二十四,庄烈帝二,中华书局,1974年4月第一版。

有进行这类试探,也会看到其他人的试探结果。你会得出一个结论:撑死胆大的,饿死胆小的。用不了多久,大家便认清了皇上的真面目。原来皇上是个冤大头。你糊弄了他,占了他的便宜,捞了他一把,他照样给你发工资,照样给你印把子,照样提拔你升官。

皇上的这种冤大头特征,对官场有着重大而深远的影响。皇上是官场主任,是领导班子的班长,是官场上种种正式规则的法定维护者。正式规则"软懒散",潜规则就要支配官场,而以收更多的费、干更少的活儿为基本特征的潜规则,势必造就大批的贪官污吏,造就大批的钱能,同时降低清官的比重。当然反过来也可以说,如果皇上明察秋毫,天道报应不爽,势必造就大批清官,甚至能把贪官污吏改造成好人。

譬如钱能,大家都知道他满肚子坏水。后来他当了南京守备,类似南京军区政委。不幸的是,他的对头,"两京十二部,惟有一王恕"的那个王恕,也去南京当了兵部尚书(国防部长),正好管着钱能。王恕的才干足够对付钱能,斗争的弦儿想必也绷得很紧。在王恕的威慑之下,钱能表现得极其谨慎,他甚至很佩服王恕,对人说:"王公,天人也。我老实恭敬地给他干活就是了。"[1]由此看来,钱能天良未泯,知道善恶是非,只是缺乏管束,让冤大头惯坏了。如果皇上

---

[1] 《明史》卷一百八十二,王恕列传,中华书局,1974年4月第一版。

不是冤大头，钱能未必不是一个"治世之能臣"。

最后还得做两点修正。

第一，说皇上是个冤大头，只是泛泛而论。朱元璋杀官如麻，为了一个开空白申报单问题（史称空印案），竟然不问青红皂白，杀掉了数百个在"空白介绍信"上盖章的官员。如此过激的反应，不仅不是冤大头，连"睚眦必报"的形容也显得太弱了。不过，明朝十六个皇帝，像朱元璋这样睚眦必报的也就一个半。放宽标准可以算两个半，百分之十几而已。所以，我们说皇上是个冤大头，准确性在百分之八十以上。

第二，我们说皇上是冤大头，是把皇上当成天道的代理人来说的。他作为个人可能非常贪婪非常苛刻，斤斤计较，甚至带头糊弄天道。对这样甘愿当败家子的皇上，我们也就不好说他是冤大头了。天道才是冤大头呢。

摆平违规者

清朝的京官比外官穷：京官凭借权势和影响关照外官，外官则向京官送钱送东西。

1

清道光十九年（1839年）年底，山西官场出现危机：介休一位姓林的县令向省政府递交了一份报告，告发一串高级官员的违法乱纪行为，并恳请将报告转奏皇上。林县令的揭发属于正式公文，不是可以随便扣压的告状信或匿名信，省长不能隐瞒不报。可是林县令的揭发实在叫人看了害怕。他揭发的内容共二十二项，其中最要命的一条，竟是告发钦差大臣接受厚礼①。

林县令揭发说,在钦差大臣来山西的时候,比如前不久汤金钊大学士和隆云章尚书分别驾到,总要由太原府(类似现在的太原市政府)出面,以办公费的名义向山西藩司(近似省政府,主管财税和人事)借二万两银子招待钦差。事后,再向下属摊派,每次摊派的数目都有三五万两银子。

三五万两银子不是小数。当时福建一带家族械斗,雇人打架,一条人命不过赔三十两银子,这三五万两银子可以买上千条人命。当时在江南买一处有正房有偏房的院子,价格不过一二百两银子,这三五万两可以买二三百处院子。若以粮价折算,这笔款子大约在一千万人民币上下。同时,林县令所告的大学士更是举足轻重的人物,其地位近似现在的国务委员,尚书也是中央政府的正部长——那时候中央政府可只有六个部,不像现在有好几十。

林县令揭发的问题,其实是一项地方官员与钦差大臣交往的潜规则,当时叫做"陋规"。陋规二字,在明朝的文献里便经常出现了,而陋规二字所指称的行为,在春秋战国时代便不稀罕了,堪称源远流长。陋,自然不好明说,说起来也不合法,但双方都知道这是规矩,是双方认可的行为准则,是彼此心照不宣的期待。钦差一出京就知道会有这笔收入,地方官员也知道钦差得了这笔收入,会尽量关照本

---

① 关于整个事件的描述,见张集馨:《道咸宦海见闻录》,道光十九年。中华书局,1981年版。

省,凡事通融,至少不会故意找麻烦。送钱的具体方式也随着时代演变,原来是作为盘缠费交给钦差带走,后来钦差不肯带了,地方便等他们回京后通过汇兑送到家里。总之,双方配合早已默契,违规才是意外。大概正由于这种习以为常,太原府的领导们也就放松了警惕,竟然亲笔给下属写信,要求摊派款项,并送太原府汇总。林县令手里拿着这些证据,其中包括首道①姜梅(类似太原市委书记)的亲笔信,真称得上铁证如山。

此外,藩司(即布政使司,近似现在的省政府)在给县里办事的时候,经常索取额外费用,收取各种名目的好处费。在中央这叫部费(如今大概叫跑部费,不如古称简洁),在地方则统称使费。这一切都是官场中的潜规则,是心照不宣的内部章程,如今全被林县令抖搂出来了,并且有藩司官吏开出的收据为证,谁也别想抵赖。

据说,藩台(布政使,近似省长,为二把手)张澧中接到林县令的揭发,一连数夜睡不着觉。这些事都有他的份,奏到皇上那里,肯定没他好果子吃。可是擅自扣压给皇上的奏章,恐怕罪过更大,最终也未必捂得住。经过几个不眠之夜的权衡,不得已,张澧中向杨国桢巡抚(近似山西省省委书记,一把手)请示汇报。

杨巡抚刚调到山西不久,正在雁北视察。看了张省长

---

① 北洋政府时期,道是省与县之间的一级地方行政组织。1913年1月8日设,1924年7月1日废。基本沿用前清旧制。治所在省会的称首道。

的汇报材料,很是惊愕——不是为钦差费和使费惊愕,而是为山西官员的"不上路"而惊愕——连官场共同遵守的"陋规"都要告发,山西官员未免也太"生"了点。杨巡抚把张藩台的汇报给陪同他视察的朔平知府(近似现在的雁北地区行署专员)张集馨看了,问道:山西的吏风怎么如此荒谬呀?张集馨清楚山西官场上这段恩怨的内幕,答道:这是激出来的。

2

介休的林县长并不是埋伏出击的清官,也不是生瓜蛋子。他是个老滑的官吏,很懂得官场上的潜规则,也认真遵守这些规矩。领导让他摊派,他就摊派,上级部门索取好处,他就送上好处,并没有抗拒的意图。但是上级领导却有不守规矩的嫌疑。

几个月前,山西接到皇帝的一道指示,说据汪御史(近似现在中纪委的处长)汇报,平遥县大盗张金铃的儿子结伙轮奸妇女,奸后将女人的小脚剁下,如此重案地方官却不缉拿严办。皇帝命令立刻严拿惩办。接到皇帝的命令,山西立刻紧急行动,委派张集馨去平遥介休一带调查处理。

据张集馨说,他去介休调查的时候,林县令送这送那,他本人一概不要。林县令再三苦求,他才收下一两种食物,其他东西全部推掉。由此可见,林县令是很懂规矩的。送礼还要"苦求"人家收下,这正是规矩的一部分,目的是让领导实利和面子双丰收,既当婊子又立牌坊。张集馨描绘说,因为他只收下一两种食物,"林令以为东道缺然,心甚不安。"这更证明林县令懂规矩。他知道怎样做东道,人家不让他遵循东道的规矩就不安心,可见这规矩已经深入心底。

不过,对方不按照规矩收礼,也暗示着另外两种可能,第一是人家要公事公办、不徇私情。御史已经告地方官失职了,公事公办当然令人担忧。第二种可能是嫌你送得少,要敲你一笔狠的。这便是危险的迹象了。张集馨明白林县令的担忧,遇到轮奸剁足案之外的百姓上访控告,一概按常规送交林县令的上司,自己并不插手,毫无搜罗敲诈理由的意思。于是林县令的顾虑打消了,感到自己欠了张集馨的情。这种领情再一次证明了林县令懂规矩:他承认,人家本来是应该多吃多占、收礼受贿的。

轮奸剁足案很快就有了结果。大盗张金铃的儿子被拿获了,但是只承认盗窃,不承认轮奸剁足。张集馨查了报案记录,访问了乡绅,也说没有这种案子。查来查去,了解到一个传闻,说介休县某贡生的女眷花枝招展地在村里看戏,被盗贼看中,尾随入室强奸,最后还把女人的弓鞋脱走了。张集馨又传来贡生,反复开导,贡生只承认家里被盗,坚决不承认有轮奸之类的事。

这案子本来就可以结了。但皇上交办的案子,查来查去却说没那么回事，不过是一起寻常的盗窃案，总有不妥的感觉。正好原山西巡抚去世，新的一把手接任，下令再查。二把手张澧中藩台接受了任务，委派他信任的虞知府赴介休调查，这一查就查出了毛病。

却说虞知府到介休后，百般挑剔，要这要那，日夜纵酒，甚至挟优宿娼。这一切林县令都忍了。毕竟人家是来查自己的，处理此事的权力在人家手里，要什么给什么就是。闹了两个月，得出的结论与张集馨并无不同，虞知府也玩够了，满载而归。回到省里，向皇上写了汇报，大意是事主只承认盗，不承认奸。这关系到两家的脸面，一经供认，乡里再难以见人。反正盗犯已经问斩，轮奸属实也不过如此了，建议就此结案。皇上同意，还夸奖说办得好。

如此说来，介休的林县令并没有隐瞒失职之处，自然不该处分。但是御史既然告了，总要给人家一个面子，虞知府就撺掇张藩台把林县令在另外一起案子上隐瞒不报的错误附带上奏，结果中央下令，将林县令"斥革"。林县令鸡飞蛋打，白守规矩了，白白巴结上司了。

林县令的反击是极其凶悍的。我们知道他凭着铁证揭发了钦差大臣，揭发了省政府，揭发了太原府。他还揭发了虞知府，并且把帮助虞知府找娼妓的差人的供词，把虞知府嫖过的娼妓的供词一并搜集齐全，显示出很高的专业水平。只要把林县令的报告往北京一送，山西乃至全国就要兴大狱了。

3

在官场中,违背潜规则的现象并不常见。我在读史书时留心搜集数月,收获寥寥。时间长了,我也想通了其中的道理。违背潜规则,意味着互动中的某一方要擅自涨价或者压价。这不是小事,简直就是抢劫钱财。除非双方的造福或加害能力发生显著变化,潜规则是不能随便修改违背的。而帝国体制延续两千多年,利害格局已经相当稳定。双方都认识到,遵守这套成规对自己最有利。这就好比交易,一个愿买一个愿卖,不成交对双方都没有好处。既然是交易,拿人钱财就要替人消灾。拿了人家的东西还要害人家,对无力反抗的小民可以,在官场上则难免遭到报复。

在虞知府与林县令的关系中,林县令已经尽了东道的责任,连娼妓都帮他找了,虞知府还要撺掇张藩台出卖林县令,从潜规则的角度说,这就是虞知府不对。

在张藩台与林县令的关系中,林县令也算小心伺候了。省政府办事索取使费,介休就老老实实地给,并没有说三道四。招待钦差大臣本来并不是林县令的直接责任,钦差大臣得了数万两银子,只能领几个省市领导的人情,绝对不会领他林县令的人情,但是上级摊派下来,林县令并没有说二话。他买的是省市领导的面子。既然林县令已经尽到了在陋规中的责任,并没有露出公事公办的脸色,省市领导也就有义务替他担待遮掩,不能再摆出公事公办的架势。既然如此,怎么可以把他的小错误卖给御史呢?从潜规则的角度说,这又是张藩台的不对。

总之,尽管从表面看来林县令违规了,好像他不懂规矩,揭发了钦差大臣与山西几位领导人的私下交易,但在本质上,并不是林县令违规,相反,他的所作所为正是维护潜规则的尊严,他要惩罚违规者。出卖钦差大臣只是一个间接的连带,一张惩罚违规者的王牌。

遭到林县令的重击,张藩台很快就清醒过来,他立刻决定向七品芝麻官低头。在向一把手杨巡抚汇报的同时,张藩台和姜首道(太原一把手)与林县令谈判,答应赔他一笔巨款,补偿被"斥革"的损失,也请他认个错,撤回上诉。张藩台肯出的巨款数目是一万两银子,虞知府激变责任最重,一个人掏三千两,其余七千两由张藩台、姜首道和太原的王知府分担。

以当时中央规定的粮价折算,一万两银子将近二百万人民币,数字不算小了。我不清楚道光年间捐一个县令的官价是多少,但我知道清朝同治年间,也就是此事发生的二三十年后,买一个县令只要三千两银子①。由此看来,林县令赚了不少,但是他仍然不干。几经周折,双方终于达成协议:林县令宣称介休财政亏空巨万,张藩台和姜首道答应由

---

① 刘愚:《醒予山房文存》卷七,页30。转引自鲁子建编:《清代四川财政史料》上,四川省社会科学出版社,1984年版,页521。

后任承担这笔亏损。按照清朝的正式的规矩,林县令的亏空要由他自己赔补,赔不起就要抄家。现在林县令不用赔了,等于又得了一万两银子。对张藩台一方来说,这个方案的好处是不用自己掏腰包,麻烦是需要找一个肯顶着这笔巨额亏损接任介休县令的冤大头。姜首道找到了这样的大头,名字叫多瑞,一切问题便迎刃而解。

于是,林县令认错撤诉,姜首道则出面向一把手杨巡抚汇报,说事已查明,不用入奏皇上了。杨巡抚看了汇报,对张集馨说:姜首道等人既然已经查办明白了,我也不愿入告。一旦入奏皇上,张藩台恐怕不能不受连累。不过这摊派钦差费一项,事关重大,必须再查,以免后患。杨巡抚委派张集馨和叶名琛专查这笔款子。

我以为杨巡抚的决定是非常英明的,这事不能就这么完了。林县令凭着几封信,把山西的省领导们折腾得焦头烂额,用两万两银子才算把事摆平,这分明树立了一个危险榜样,想学习林县令的人还有多少?这种地雷一般的、一旦处分下级官员就会爆炸的信件还有多少?花多少银子才能摆平?留着如此重大的隐患,省领导还怎么当?

张集馨受命之后,与叶名琛商量了一个清除地雷的办法,其名义之严正,构思之巧妙,清除之彻底,直叫我看得目瞪口呆,拍案叫绝。张集馨声称,此事固然不能因为林县令说一句话就信以为真,也不能因为林县令认一个错就断定全无。因此,特为此事通知山西全省各级政府,凡摊派过钦差费的,立刻要据实上报。没有摊派过的,也要出具切实的书面保证,加印盖章,送省备案。

试想,林县令与领导翻脸时是什么处境?他已经被中央下令"斥革",整个成了无产者,再没什么可损失了。现在的各级领导又是什么处境?他们最要紧的是保官和升官,谁愿意拿自己的前程冒险,像绑票的土匪一样敲诈领导?果然,张集馨很快就收到了下属各级政府盖了大印的保证书,全省皆无摊派问题。地雷报废了,危机摆平了。

4

如果把官场上的潜规则体系比喻为一座大楼,那么,这座大楼始终躲藏在堂皇的正式规则大厦的阴影中,而上述事件不过是在灰暗大楼的一个高层套间里闹了几个月的一段小事。大楼里还有许多楼层和许多房间,那里边的人们每天过着平凡多于热闹的日子。在大楼外边的院落里,也不时上演一些精彩的剧目。

全面描绘潜规则大楼内外及其悠久历史,远非本文所能胜任,但我们不妨随张集馨在西北角的楼梯上转几层,看看其他楼层和房间的模样。因为楼层和房间太多,我只能以静态描绘为主,迅速浏览一遍部分房间的门窗尺寸,房间里发生的故事只好简略或者由前边的事件代表了。但读者不难想象,每一间房子里,都可能演出过精彩纷呈的戏剧。

道光二十五年(1845年)正月十七日,上述危机过去五年之后,四十五岁的张集馨接到皇上的任命,出任陕西督粮道。这个官是著名的肥缺,近似现在的陕西省军区后勤部主任,勉强也可以叫省粮食局局长,主要负责征收、保管和供应西北地区的军粮。俗话说"过手三分肥",陕西粮道每年过手粮食二十万石(约一万五千吨),他该有多肥?又该如何分肥①?

我得先声明一句:张集馨不是贪官,按照官场的真实标准衡量,他的操守要算相当不错。这一点就连皇上也很赞赏。在接到任命的第二天张集馨拜见皇上,皇上说:听说你的操守甚好,前几年申启贤(山西一把手)年终密考,还称赞了你的操守。此去陕西,你更要坚持,老而弥笃,保持人臣的晚节。张集馨表示:谨遵圣训。

拜领皇帝的教导之后,张集馨开始按照潜规则处理分肥问题。

一般来说,清朝的京官比外官穷。外官有大笔的养廉银子,其数目常常是正俸的二三十倍,灰色收入也比较多。可是京官对外官的升迁和任命又有比较大的影响,"朝中有人好作官"的道理并不难懂。于是,在长期的官场交易中就形成了一种交换机制:京官凭借权势和影响关照外官,外官则向京官送钱送东西。前边提到的"钦差费"就是这类交换

---

① 全部描述参见张集馨:《道咸宦海见闻录》,道光二十五年,中华书局,1981年11月第一版。

的一种。这类陋规的名目还包括离京送的"别敬",夏天送的"冰敬"和冬天送的"炭敬"。"敬"的具体分量取决于双方关系的深浅、京官的用处和外官的肥瘦。

张集馨接到任命时,已经在北京住了四个月,旅费快用完了。他写道:"今得此缺,向来著名,不得不普律应酬。"于是大举借债。他托人从广东洋行以九厘行息借了九千两银子,从山西钱庄借了五千两银子,又从同事和朋友那里借了二千两。张集馨记载道:连同我在京买礼物的数百两银子,共用去别敬一万七千两,几乎都没有路费了。

一万七千两这个数字似乎有点吓人。我们知道这相当于人民币三四百万,可以买上百处房产或五六百条人命。陕西粮道能有这么肥么?此外,用得着如此出血分肥么?究竟粮道有多肥,我们一会就会看到。至于分肥,从情理推测,掏私人腰包的一方肯定是知道心疼的,张集馨也用了"不得不"这个词,想必是无可奈何,不敢不遵守规矩。

这次在北京究竟是如何分肥的,张集馨没有详细记载。但两年之后他调任四川臬司(主管公安司法的副省长),在北京又送了一万五千两银子的别敬,并记下了具体的"尺寸":军机大臣(类似政治局委员)的别敬,每处四百两银子。上下两班章京(类似为军机处服务的秘书处,共三十二人),每位十六两。其中有交情的,或者与他有通信联系,帮助他办折子的,一百两、八十两不等。六部尚书、总宪(类似监察部长),每位一百两。侍郎(副部长们)、大九卿五十两。以次递减。同乡、同年以及年家世好,一概要应酬到。看看这些数字,动辄就出手一两座宅院,少说也送上半条人命,潜规则所承担的分配财富的重任,真叫人刮目相看。

在张集馨任上,每年还往京城送炭敬,具体数目未见记载。

我们已经转完潜规则大楼的京官层,现在随着张集馨下一层楼梯继续转。

5

陕西粮道的日常工作是收发军粮。发放军粮的程序中包含了重大的利害关系,其中最容易出问题的地方就是粮食质量。这方面的冲突,张集馨刚刚到任就领教了。

张集馨的前任叫方用仪,为人贪婪,卸任前他的子侄和家人在大雁塔下的市场上买了四千石麦壳搀入东仓。这是一个很大的数目,如果用这批麦壳替换出小麦卖掉,用载重量三吨的卡车运,大概要装一百车,价值高达数十万人民币。按说,规模大了便难以掩人耳目,作弊也就不容易得逞——后任不肯替前任背这么大的黑锅,听到风声后通常会拒绝签字接手。但是与张集馨办理交接手续的不是方用仪本人,而是代理督粮道刘源灏。代理督粮道是公认的发财机会,如果刘源灏和方用仪办交接手续的时候拒绝签字,显然会失去这个好机会,于是他签了字,方用仪作弊得逞了。我估计方用仪所以敢如此大规模作弊,正因为他算透了刘源灏的心思。当时有一个流行比喻,叫做"署事如打抢。"署事就是代理的意思,连打带抢则是标准的短期行为特征。这个比喻所描绘的可以叫"署事潜规则"。

张集馨到任后访知此事,便拒绝从刘源灏那里接手签字。刘源灏苦苦劝说,说仓粮肯定没有其他方面的亏损短缺的问题,再说方用仪已经回了江西老家,还能上奏皇帝将他调回来处理此事么?细品刘源灏说服张集馨的理由,其中包含了一个暗示:如果漏洞确实就这么几千两银子,为了等待方用仪回来重办交接,公文往来加上路途花费的时间恐怕需要好几个月,张集馨因等待而蒙受的物质损失恐怕还要超过这几千两银子。如果再算上得罪人的损失,算上在官场中不肯通融的名誉损失呢?换句话说,等待公事公办的代价太大,不值得,还是认账合算。张集馨果然被说服了,认了账。由此反推回去,方用仪离任前决定掺一百卡车麦壳,而不是五十卡车,也不是二百卡车,这分寸实在拿捏到了老谋深算的水平。

按照常规,满营八旗的官兵每个月分八天领粮。到了领粮的日子,张集馨叮嘱部下说:我这是初次放粮,绝对不许像方用仪任上那样掺假,让众官兵轻视我,以后的公事反而不好办。他指定用好粮仓放粮。

领粮的官兵们来了,他们早就知道方用仪掺麦壳的事,警惕性很高,断定仓吏带他们去的仓是麦壳仓。仓吏极力辩解,官兵更加怀疑,"围仓大哗",坚决不肯在张集馨指定的粮仓领粮。于是粮道方面请官兵自己指定仓库,没想到官兵们指定的仓库,恰好是掺了麦壳的仓库,开仓一看,官兵们脸色变了,开始互相抱怨。张集馨下令打开刚才指定的仓库让他们看,里面装的果然是圆净好麦。最后张集馨下令把这四千石麦壳筛了出去,铺在粮仓的路上,解除了众兵的怀疑。

八旗的骄兵悍将并不是好惹的。激军队闹事,在任何时代都是很难遮掩的大罪过,粮道不能不小心伺候。

按照程序规定,八旗每月领米之前,粮仓要派官员将米样送到将军那里检验。这里说的将军是各省驻军的最高领导,省军级干部,粮道的伺候对象。他对粮食质量的态度,对领取粮食的官兵影响极大,将军稍微挑剔两句,在第一线领粮的八旗骄兵就能闹翻天。张集馨说,粮道必须应酬将军,因为怕他从中作梗。

应酬将军的方式早有成规。首先,按照规定,将军和两个副都统本人的月粮是大米和小米并放,而大米贵小米贱,将军自然不愿要小米,粮道便全给他们大米。这是小事,算不了什么。其次,将军和副都统推荐家人在粮道工作,甚至只挂个名,到时候领钱,粮道也照例接受。再次,就是按常规给将军和其他高级军官送礼。

清朝官场通行的送礼名目叫"三节两寿"。三节是指春节、端午和中秋,两寿是指官员本人和夫人的生日。陕西粮道送给将军的三节两寿数目如下：银子每次送八百两，一年五次总计四千两；表礼、水礼每次八色；门包（给门政大爷的小费，由他分发给将军的私人助手）每次四十两，一年二百两。我不清楚八色表礼和水礼的价值几何，但每年给将军的陋规尺寸当在五千两银子以上。

在粮食问题上有权说话的军官还有副都统和八旗协领。粮道也送两个副都统三节，但没有两寿。三节的陋规是每节二百两银子，一年六百。此外还有四色水礼。八旗协领有八位，每节每位送银二十两，上等白米四石。

我们已经知道，直接到仓库领米官兵有理由保持警惕，不能太老实了。话又说回来，他们并不老实，从来就不是省油灯，也需要粮道方面小心应酬。张集馨说，每到放米的日子，满营的一位低级军官率士兵来领粮，按照规矩，粮道要备一桌酒席，叫做"送仓"，由粮道方面的官员陪同带队的低级军官吃一顿。满营八旗，一连要陪八天。遇到挑剔的旗人，仓库方面的人员必须忍气吞声，闹大了还要请将军和副都统推荐来的家人从中做工作，好言安慰劝说，才能不闹出事来。

粮道在军队方面的固定应酬，还有每年春秋年节的宴会。请将军、副都统的筵席必须有戏班子唱戏，叫做"戏筵"。驻扎在西安城里的满营和绿营（汉族军队）的中级军官，每年春秋也要宴请一次。这些联络感情的工作显然是有成效的。在张集馨之前，一个叫豫泰的官员曾当了半年督粮道代理,代理期间专收坏粮,希图民间踊跃交粮,以便得到过手的好处。这位官员收下的坏粮最后自然要到士兵及其家属的肚子里,却又没见到张集馨关于军队方面为此闹事的记载,想必粮道把军官们糊弄得不错。

与军界有关的陋规大体如此。下边我们再换一层楼,看看粮道与地方官员的关系。

6

道光二十六年(1846年),在张集馨担任陕西督粮道期间,陕西巡抚(一把手)是大名鼎鼎的林则徐。我们知道,林则徐写过"苟利国家生死以,岂因祸福趋避之"的名联,他也确实如此身体力行了。这样的好官收不收陋规?据张集馨记载,那一年由于灾荒,停征军粮,"而督抚将军陋规如常支送,"以至陕西粮道深感困难。所谓督抚,指的是陕甘总督和陕西巡抚。这就分明告诉我们:林则徐也和大家一样收陋规。我并没有贬低林则徐的意思,他确实是一个难得的正派廉洁的官员。我想强调的是,如此高洁的操守并没有排斥陋规——这进一步证明了潜规则的适用范围是多么宽广。

粮道给林则徐送的陋规比给任何领导的都要多。这是因为陕西巡抚每年都要向皇上密报下属官员的操守才干和各方面的表现,这叫年终密考,对官员的前程影响巨大。粮道给巡抚的陋规按季节送，每季一千三百两，一年就是五千二百两。此外还有三节两寿的表礼、水礼、门包和杂费。这是上百万人民币的巨款。

陕甘总督的官比陕西巡抚还要大一点，但是隔了层，不算直接领导，人也不住在西安，所以陋规的数量反倒略低于巡抚。总督的陋规按三节送，每节一千两，此外还有表礼、水礼八色及门包杂费，所有这些东西，都由督粮道派家人送到总督驻节的兰州。

陕西粮道有"财神庙"之称，省领导们自然不容庙里的和尚独吞好处，他们把粮道当成小金库来用，来往客人一概由粮道出钱招待，这也是长期形成的规矩。下边我们来仔细看看清朝官场如何请客吃饭。张集馨在这方面的记载极为详尽，语言也比较明白，我将原文照抄如下：

　　遇有过客，皆系粮道承办。西安地当孔道，西藏、新疆以及陇、蜀皆道所必经。过客到境，粮道随将军、中丞（引者注：即陕西巡抚）等在官厅迎接，候各官回署后（引者注：即各位领导回到本衙门后），差人遍问称呼，由道中幕友（引者注：即张集馨请的师爷）写好送到各署，看明不错，然后差人送至官客公馆，一面张灯结彩，传戏备席。

　　每次皆戏两班。上席五桌，中席十四桌。上席必燕窝烧烤，中席亦鱼翅海参。西安活鱼难得，每大鱼一尾，值制钱四五千文，上席五桌断不能少。其他如白鳝、鹿尾，皆贵重难得之物，亦必设法购求，否则谓道中悭吝。戏筵散后，无论冬夏,总在子末丑初(引者注:半夜一点左右)。群主将客送出登舆(引者注:即送客登轿),然后地主逐次揖送,再著人持群主名帖,到客公馆道乏(引者注:可见粮道纯粹是给本省的军政领导作脸),又持粮道衔柬,至各署道乏(引者注:可见粮道清楚自己真正的伺候对象)。次日,过客起身,又往城西公送,并馈送盘缠,其馈送之厚薄,则视官职之尊卑。

每次宴会,连戏价、备赏、酒席杂支,总在二百余金(引者注:即二百多两银子,折人民币四万上下),程仪在外。

其他如副都统、总兵,非与院(引者注:即巡抚)有交情者不大宴会,惟送酒肴而已。如口外驼马章京、粮饷章京,官职虽微,必持城里大人先生书来以为张罗计,道中送以四菜两点,程仪一二十金,或四五十金不等。

大宴会则无月无之,小应酬则无日无之。春秋年节,又须请将军、副都统及中丞、司(引者注:即藩司和臬司的领导,藩司负责全省的钱粮,臬司负责全省的刑狱)、道、府(引者注:道府皆相当于现在的地市级官员)、县,以及外道府县之进省者,皆是戏筵。

如十天半月,幸无过客滋扰,道中又约两司(引者注:藩司和臬司)、盐道(引者注:负责全省盐业的生产运输和销售,由国家垄断,是历代王朝的利税大户)在署传戏小集,不如是不足以联友谊也。

陕西粮道衙门的三堂上有一副楹联,清楚地描绘了督

粮道的生活,楹联曰:

问此官何事最忙,冠盖遥临,酒醴笙簧皆要政;
笑终岁为人作嫁,脂膏已竭,亲朋僮仆孰知恩?

别看张集馨那么忙,花了那么多的银子,人家还不领情。因为这是规矩,是应该的,你做得也许还很不到位呢。即使领情,外客主要也领省领导的情,省领导满意就算张集馨没有白忙。

就如同在竞争性的市场上有利润平均化的趋势一样,在竞争声望、关系、安全和人缘的官场上,似乎也存在一种官场利益平均化的趋势。当然这么说不确切,因为官场利益是向着制造利益和伤害的能力流动的,如果制造利和害的能力谁都有一点,就会呈现利益均沾的局面,不过这种能力的分布并不那么平均。从平均的方面说,每个在官场上有影响的官员都有理由认为:我们都没有说你的坏话,我们有能力害你却没有害你,我们甚至还说了你的好话,让你得了这么一个美差肥缺,难道你就不能出点血,让大家也沾点光么?从不平均的方面说,京官、将军、上司之类的官员最有造福能力或者加害能力,自然应该多分。这种能力的强度像水波一样呈环状递减,分配的利益也如此递减。打秋风、请客吃饭、表礼水礼、程仪、炭敬冰敬别敬、三节两寿等等,都是在此规律下支配的官场利益分配机制。

如果不遵守这些陋规又会怎么样呢?张集馨只简略地提了一句:如果你请客时不上白鳝和鹿尾之类的贵重难得

之物,别人就会说你"悭吝"。显然,一个被大家看作吝啬、别扭、不懂规矩、吃独食的人,其仕途恐怕就不那么乐观:说你坏话,挑你毛病的人多了,你又不是圣贤,说不定什么时候就某个地方莫名其妙地栽了。张集馨没有这方面的详细记载,但我们可以在清末小说《官场现形记》里找到生动的补充。

《官场现形记》第四十一回写道:

> 向来州、县衙门,凡遇过年、过节及督、抚、藩、臬、道、府六重上司或有喜庆等事,做属员的孝敬都有一定数目,甚么缺应该多少,一任任相沿下来,都不敢增减毫分。此外还有上司衙门里的幕宾,以及什么监印、文案、文武巡捕,或是年节,或是到任,应得应酬的地方,亦都有一定尺寸。至于门敬、跟敬(引者注:给上司跟班的钱),更是各种衙门所不能免。另外府考、院考办差,总督大阅办差,钦差大臣过境办差,还有查驿站的委员,查地丁的委员,查钱粮的委员,查监狱的委员,重重叠叠,一时也说他不尽。诸如此类,种种开销,倘无一定而不可易的章程,将来开销起来,少则固惹人言,多则遂成为例。所以这州、县官账房一席,竟非有绝大才干不能胜任。

后来,在这些规矩之上又生出了一个规矩:前后任交接时,要用数十两银子甚至上百两银子买这本账。《官场现形记》中的一位候补官员好不容易得了个缺,不懂这个规矩,惹怒了前任账房师爷,该师爷便给他做了一本假账,记载的尺寸都是错的。结果这位知州按照假账孝敬上司,得罪了一圈人还不知道是怎么回事,一年就被参劾革职了——好多懂规矩的候补官员正排队等着这个位置呢。

7

现在我们转到了潜规则大楼的基层。

据张集馨记载,陕西粮道每年花在请客送礼(包括京城炭敬)方面的银子在五万两左右,他本人的进项每年在一两万两银子之间,粮道每年的入项有六万多两银子。按照当时朝廷规定的粮食价格折算,这相当于一千多万人民币①。

这么一大笔额外收入,究竟是从哪里来的呢?张集馨说得很清楚:"虽非勒折,确是浮收。""缺之所以称美者,不过斗斛盈余耳。"

"浮收勒折"是明清社会的常用语,其流行程度与如今粮食收购中的"打白条"和"压级压价"不相上下。所谓"勒折",就是粮食部门不肯收粮,强迫百姓交纳现金,而现金与粮食的比价又由官方说了算,明明市场上六毛钱一斤大米,

---

① 据《道咸宦海见闻录》道光三十年记载,甘肃一带粮食"部价每石一两",清代每石稻谷的重量为七十一点六千克。本文通过粮价进行的银子与人民币比价的折算,大体以此"部价"为根据。在平常年头,西北粮食的市场价格并没有这么高,稻谷的比重也不如圆净小麦。所以本文对银子的购买力的估计偏低,读者不妨把我提到的人民币的数字看作很保守的估计。

官方硬规定为一块,他还一定有理,譬如说三年中市场平均价就是一块等等。于是,百姓每交一百斤大米,就要被官方"勒折"走四十块钱。

"浮收"则是变着法地多收,多收的手段花样繁多。张集馨没有记载当地浮收的花样,但我们可以从别的地方找到参照。下边是清朝康熙十七年(1679年)和乾隆十七年(1752年)苏州府常熟县禁止浮收的两块石碑上提到的花样,原文罗列就用了二三千字,我摘录部分名目如下:

> 不许淋尖、踢斛、侧拖、虚推。不许将米斛敲松撬薄甚至私置大升大斗。不许索取看样米、起斛米、扒斛钱、筛箱钱。不许勒索耗费、外加、内扣。不许勒索入廒钱、筛扇钱、斛脚钱、酒钱、票钱、铺垫等钱。不许索取顺风米、养斛米、鼠耗米。不许索要兑例、心红、夫价、铺设、通关席面、中伙、较斛、提斛、跟役、催兑、开兑等陋规。不许开私戳小票,令民执此票到家丁亲友寓所额外私加赠耗,方给倒换截票。不许故意耽搁,挨至深夜收受。①

这一切手段所以能够奏效,是因为农民必须完成纳粮任务,否则就受到合法暴力的追究惩罚。不交皇粮是要挨板子蹲班房的。这样一来,农民就成了求人的一方,衙役就

---

① 参见《江苏省明清以来碑刻资料选集》,页605、647。转引自洪焕椿:《明清苏州农村经济资料》,江苏古籍出版社,1988年版,页568、571。

成了被求的一方。利害格局如此，各种敲诈勒索的花样早晚要被创造发明出来。张集馨明白这一点，他说："小民终岁勤动，所得几何？赴仓纳粮，任听鱼肉而不敢一较。"他的数万银子就是如此鱼肉百姓的成果。因此，他写道："余居是官，心每不安。"

从每年二十万石粮食周转，得六七万两银子的数字推算，农民比应交数额多交三分之一。但这只是张集馨可以控制的那一部分。民间还有棍徒包揽，官方还有仓手斗级等一大堆在第一线搜刮的喽罗，他们的所得也绝不是小数。我看到过清朝四川一个县里负责征收钱粮的典吏（比副科级干部略低）因为分赃不均而写的揭发信，这个小吏每年浮收勒折的收入就有一万多两银子[①]。张集馨把这等巨额数字说成"斗斛盈余"，未免过于轻描淡写了。

顺便再提一句：本文讲述的故事基本都发生在清雍正（1723—1735年）之后，这并不意味着雍正之前就没有这类事情。雍正之前的陋规非常严重，不过官员的工资很低，雍正皇上体谅部下，认为官员们离开陋规很难生活，干脆把陋规的收入合法化了，变成了养廉银子。按理说俸禄高了，陋规从灰变白了，天下也该太平了。可是我们看到的结果表明，皇上考虑不周，对潜规则的性质认识不透，他的期望落空了。

---

① 四川省社科院历史所藏《巴档抄件》，转引自《清代四川财政史料》上，四川省社会科学出版社，1984年版，页580。

8

以上提到的人物事件,都是一些生活在潜规则阴影里的人,叫人看了难免生疑:莫非"洪洞县里没好人"么?有好人。总有那么一些人,他们是清官中的佼佼者,坚决不肯拿老百姓和国家的利益做交易。

清嘉庆十三年(1808年)秋,黄河决口,淮安一带闹灾,人民流散,朝廷下诏放赈。江苏山阳县当年领得赈银九万余两,知县王伸汉一人就贪污了二万五千两。这时,两江总督铁保按照惯例派官员赴各地检查赈灾工作,派到山阳县的官员是新科进士、刚分配到江苏工作的李毓昌。

李毓昌到达后,山阳知县王伸汉就派出自己的长随(近似生活秘书)包祥,与李毓昌的长随李祥接触,行话叫"二爷们代老爷讲斤头",一般都是讨论利益如何分配的问题。这是常规,贪污者不能独吞,监督者总会凭借自己的加害能力得到或大或小的份额。

李毓昌的长随李祥告诉王伸汉的长随包祥,自家的老爷到各乡巡视了,看到灾民濒死的惨状,十分震惊。回到县里调集户册核对后,发现了严重的贪冒情况,正打算拟文呈报呢。李祥的意思很明白,他亮出了一张王牌:我们老爷掌握了证据,能害你们老爷,你肯花多少钱买安全?王伸汉立刻开出了价格,让自己的长随传话,愿意拿出一万两银子。

没想到李毓昌是个新官,一心要当个清官,不熟悉这些官场黑幕,当即严词拒绝,还要把王伸汉行贿的事情向两江总督汇报。

这样一来,不仅贪官王伸汉和包祥骂他是书呆子,李毓昌的长随李祥等人也骂他。不替自己打算,也不替自家人打算,放着这么好的买卖不做,这长随还有什么干头?包祥看出了对方阵营的内部矛盾,就许以重利,让他们把李毓昌掌握的清册偷出来烧毁。李毓昌复命的时间要到了,一旦烧了,没有时间从头查。以后再查,就有时间做手脚了。李祥等同意。没想到李毓昌警惕性很高,长随难以得手。王伸汉被逼急了,派包祥出面和李祥等三人谈判,只要他们下手害死主人,重金酬谢,还要替他们另找新主人。这几位二爷想来合算,反正李毓昌这家伙也不懂事,跟着他发不了财,不如先拿他卖个好价钱。于是他们在茶水中投毒,然后又用绳子将将李毓昌勒死,伪造了一个自缢身亡的现场。

查赈官员自缢,按说也不是小事。但是王伸汉拿了二千两银票找淮安知府王毂活动,王毂再拟一道呈文到省,大事先就化小了。布政使和按察使都接受了自杀的结论,两江总督铁保也点头同意,小事又进一步化无了。万事大吉之后,王伸汉通知死者家属来领棺柩,再把李祥推荐给长州通判当长随,把另外两个长随也推荐出去,又给了重金酬谢,事情就算处理妥当了。

偏偏死者的家属在遗物中发现了一份文稿,上面有"山阳知县冒赈,以利啖毓昌,毓昌不敢受"等语。家人顿生疑心。但是这案子连总督都核准了,没有特别过硬的证据很难翻案,只好先运棺柩回乡。

灵柩到了家,李毓昌的妻子收拾遗物,发现他平常穿的一件皮衣上有血迹,疑心大起,告诉了运灵柩回来的族叔。族叔做主开棺验尸,发现了中毒症状。家属立刻进京向都察院喊冤。都察院按程序奏呈皇帝,皇帝立即责成军机处追查,很快破案。

后来,李毓昌被树为官员的榜样,皇上亲自写诗褒扬,追加知府衔,皇上还为他过继了一个儿子传宗接代,并赏这儿子举人功名。王伸汉和包祥处斩。李祥和另外两个参与谋杀的长随被凌迟处死。有关领导也受到了严厉处分①。

那么清官究竟在哪里呢?清官光荣地牺牲了,成了大家的好榜样。

我想,每个人都会从这个案例得出自己的结论:同流合污的利益和风险与当清官的利益和风险比较,究竟哪头大。当然,这不是单边的计算,而是一场双边博弈的计算,双方的行为相互影响,各自的得失还要取决于对方的策略。李毓昌与王知县互斗,真正的赢家是根本就没资格上台面当

---

① 参见完颜邵元:《封建衙门探秘》,天津教育出版社,1994年版,页210。

对手的零散百姓,两位旗鼓相当的对手得到的却是"双输"的结局,双方同归于尽。既然这场对局成了一场要命的灾难,恐怕双方的策略都难以为后人效法,我们也就不能指望其成为定势或者叫常规。真实的常规是:对局者双赢,老百姓买单。

论资排辈也是好东西

论资排辈和抽签法可以算作灰色规则,位于白色的正式规则和黑色的潜规则之间。沿着这条灰色道路上来的放牧者则是个大杂烩,勤狗懒狗、好人坏人、豺狼虎豹都有,老百姓赶上谁是谁。这条灰色规则能够大体通行,已经很不容易了。

1

孙丕扬于明万历二十二年(1595年)出任吏部尚书,时年六十二岁。他的职责是协助皇帝,选拔德才兼备的官员,将他们安排到适当的岗位上。孙丕扬的职务类似现在的组织部长,在明朝的地位高居中央六部尚书之首。明朝在名义上没有宰相,六部尚书之首在名义上简直就是天下最大的官了。

孙丕扬是个廉洁清正的人。《明史》卷二百二十四上说,"丕扬挺劲不挠,百僚无敢以私干者"。遥想当年,这个陕西籍的倔老头整天板着脸端坐办公,成千上万善于钻营的官迷,居然没人敢打他的主意,真叫我们这些五百年后的晚生肃然起敬。意味深长的是,这位孙先生当了吏部尚书之后,创建了"掣签法",明朝的干部安排方式从此一变,官员们无论贤愚清浊,一概要凭手气抽签上岗了。一个聪明正派的重臣,竟把皇上托付给自己的选贤任能的重大职责,转交给了一堆竹签。

按照现代管理学的原则,不同的职位对人员素质有不同的要求,要根据不同的职务要求选择人才,扬其所长避其所短。这个道理当然是不错的,当时的人完全明白。于慎行比孙丕扬年轻十来岁,当过礼部尚书,他就在《谷山笔尘》卷五中批评孙丕扬道:人的才能有长有短,各有所宜;资格有高有下,各有所便;地方事务有繁有简,各有所合;上任的路途有远有近,各有所准。而这一切差别都付之竹签,难道遮上了镜子还能照见面貌,折断了秤杆还可以秤出分量么?于慎行的这些批评很精当,简直就像是比照着管理学原理说出来的,而且他还考虑到了上任路途远近这个时代特点很强的问题。顺便提一句,那时候交通不便,千里赴任,通常要借一大笔债。在工资不高的条件下,还债的压力很容易转化为贪污的动力。因此,这个距离因素便关系到"德才兼备"中的"德"。赴任的官员到了千里之外,情况不熟,语言不通,办事便要依靠名声很坏的吏胥,领导和监督作用也就无从谈起。这又关系到"德才兼备"中的"才"。可见这个不起眼的距离因素也不容小看。

明朝大学者顾炎武对竹签当政的指责更加尖锐。他从孔圣人的教导的高度出发,径直联系到天下兴亡,真是堂堂正正,义正词严。

顾炎武说:孔夫子对仲弓说"举尔所知。"如今科举取士,礼部要把名字糊上再取,这是"举其所不知";吏部靠掣签安排干部,这是"用其所不知"。用这套办法的大臣在知人善任方面很笨拙,在躲避是非方面倒很巧妙。如此选出来的官员赴任之后,人与地不相宜,于是吏治就要变坏,吏治变坏则百姓造反,百姓造反则大动刀兵[①]。

总之,孙丕扬创建的抽签法很危险——甄别使用人才的重任怎么能转交给没头没脑的竹签呢?这位正人君子既违反圣人的教导,又违背职责的规定,用现代的说法就是"违宪"地另搞一套,他到底出了什么毛病?

2

据《明史》记载,孙丕扬谁都不怕,惟独怕太监。千千万万的文官都不敢找孙丕扬走后门,但是宦官敢。宦官没完

---

① 顾炎武:《日知录》卷八,选补,甘肃民族出版社,1997年11月第一版。

没了地托他给亲信安排肥缺,孙丕扬安排又不是,拒绝又不敢,于是就发明了抽签的办法,让那些宦官不要再来走后门。孙丕扬用心良苦。

宦官在名义当然没有孙丕扬的官大。孙丕扬是正二品的高官,而宦官的头子,也就是担任太监的宦官,不过是个四品官,与孙丕扬差着四档。而且宦官是不许干预政事的。开国皇帝朱元璋规定,宦官干预政事者斩。同样,明朝也是没有宰相的,开国初期的三个官居一品的宰相似乎都不可靠,朱元璋杀掉他们,然后就废除了宰相制度,并且在《皇明祖训》中写下一句严厉之极的话:后代有敢建议立宰相者,灭九族。如此说来,孙丕扬只需直接向皇上负责,除了皇帝本人之外不必再怕什么人。但是实际情形不然。

朱元璋废除宰相,就等于迫使他的子孙后代亲自出面管理国家。必须由资产所有者亲自出面管理一个大企业的制度,尚且不能叫好制度,更何况管理一个大国。这是个体户的思路。这个思路容不下专业分工的出现,不承认臣民之中有更善于管理而且乐于管理的专家人才。

这种制度禁止外人插手代理,它自己所提供的皇帝又如何呢?显然,生长在深宫内院的皇太子,对民间实际情况的了解必定是肤浅的,中国的儒家教育又是春秋笔法的隐恶扬善教育,告诉学生的都是理想的模式是什么样子,为什么说这是理想的,等等。教的那一套与实际情形相去甚远。也就是说,一个满脑子教条和理想的书生,就是这种制度所能提供的最好的领导者。这不过是一个有德无能的最高管理者,而更大的可能是碰上一个无德又无能的管理者,一个既缺乏理想又没有头脑的败家子。这两种皇上都缺乏管理国家的能力,很需要一些助手协助他处理六部首脑提出的复杂问题。

在实际情形中,皇上批阅的章奏,譬如孙丕扬的什么奏疏,首先要由内阁大学士——皇上的秘书——看一遍,替皇上草拟一个处理意见,用小纸条贴在奏疏的前面,这叫拟票。现在的官场用语譬如"拟同意"之类,大概就是从这里来的。票拟过的章奏呈到皇上手里,皇上便参考大学士的意见口授旨意,秉笔太监持红笔记录,这叫批红。无论名义上如何规定,呈送章奏的人,总不如阅读章奏并提出处理建议的人权力大;提建议的拟票人,总不如拿着红笔写批示的人权力大——特别是在皇上又懒又好糊弄的条件下。譬如正德皇帝贪玩,太监刘瑾便把章奏拿回家与亲戚和哥们商量着批,首辅李东阳也难以辨别真假。于是,就在这个并不违背常识和情理的过程中,行政权力的重心悄然转移。

《明史·职官志》总结明朝的行政权归属,说:洪武十三年废除宰相制度之后,天下事就由各部尚书负责处理。大学士当顾问,皇帝自己做决定。这时候的大学士很少能参与决策。到了第五代的宣德年间,大学士因为有太子的老师的资格,威望隆盛,地位和作用已经在六部尚书的地位之上了,内阁权力也从此超过了六部。到了第十二代的嘉靖中期,夏言、严嵩用事,其地位已经赫然为真宰相。不过,内阁的拟票权,不得不决于内监的批红权,于是,宰相权实际就到了宦官手里。

不知不觉中,朝廷决策、官员进退,都把持在宦官之手了。不许干政云云,早就成了一纸空文。

明人何良俊在《四友斋丛说》卷八讲了一个宦官对这种权势变化的亲身体会。嘉靖年间的一位宦官说:

> 我辈在顺门上久,见时事几复矣。昔日张先生(引者注:内阁大学士中的首辅张璁)进朝,我们多要打个躬。后至夏先生(首辅夏言),我们只平着眼看望。今严先生(首辅严嵩)与我们拱拱手,方始进去。

这套体现在鞠躬拱手上的礼节变迁,实际上标出了明朝行政权力的变迁。名义上权力在皇帝手里,但是皇帝不能干、不肯干,这时候,在没有合法的代理制度如宰相制度的条件下,行政大权就悄悄落在皇帝的私人顾问和随从手里了。这是潜在的规矩,却是真正管用的规矩,不懂这个规矩的人将在官场上碰得头破血流。究竟是公开代理的宰相制度好,还是明朝的悄悄代理好呢?公开代理好歹还有个公开推选宰相的过程,悄悄代理则全凭个人的私下手段,譬如刘瑾那种引导皇上玩鹰玩狗讨皇上欢心的手段。

话扯远了。简单地说,就是明朝必定出现一个灰色的权势集团,一个在典章制度中找不到的权势集团。这个集团有能力让正式制度的维护者给他们让路。孙丕扬不愿意让路,又不敢得罪宦官,不能不让路。双方较量的结果,就是孙丕扬带头放弃自己手里的安排干部的权力,放弃肥缺的分配权,同时也就取消了灰色权势集团的肥缺索取权,任何人都不能凭自己的标准安排干部,一切由竹签和当事人的手气决定。这个抽签制度建立后,吏部的后门果然堵住不少,当时的人们便盛赞孙丕扬公正无私。在这种盛赞中,我们也可以感觉到人事安排或者叫肥缺分配方面徇私舞弊的严重程度。

3

顾炎武在《日知录》里考察了论资排辈的由来。论资排辈制度和抽签制度一样,都是舍弃了选贤任能功能的官员选择制度,都是蒙上眼睛碰运气的肥缺分配制度。这两种制度还可以配合使用:首先要够资格,够年头,然后才轮得上你抽签。有意思的是:顾炎武看到了在论资排辈制度的源头的景象。

顾炎武说,如今谈到论资排辈制度,都说起源于北魏的崔亮。读读崔亮的本传,才知道他也有不得已的地方[①]。

> 据《魏书》卷六十六崔亮传记载,崔亮当吏部尚书的时候,正赶上武官得势,太后下令要选拔武官在中央

[①] 顾炎武:《日知录》卷八,停年格,甘肃民族出版社,1997年11月第一版。

和地方的政府中做官。但是官位少，应选的人太多，前任吏部尚书李韶按照老办法提拔人，众人都心怀怨恨。于是崔亮上奏，建议采用新办法，不问贤愚，完全根据年头任用官员。年头不对，即使这个职位需要这个人，也不能任命他。庸才下品，年头够长就先提拔任用。于是久滞官场的人都称赞崔亮能干。

崔亮的外甥，司空谘议刘景安，对舅舅的做法很不满，就写了封信规劝崔亮，大意是说：古往今来，选用官员一直由各级政府推荐，虽然不能尽善尽美，十分人才也收了六七分。而现在朝廷选拔官员的方式有很多问题，选拔标准片面，途径狭窄，淘汰不精，舅舅现在负责此事，应该改弦更张，怎么反而搞起了论资排辈呢？这样一来，天下之士谁还去修厉名行呢！

崔亮写信回答说：你讲的道理很深，我侥幸当了吏部尚书，经常考虑选贤任能，报答明主的恩情，这是我的本意。而论资排辈，实在有其缘故。今天已经被你责备了，千载之后，谁还知道我的苦心呢？

崔亮说，过去天下众多的贤人共同选拔人才，你还说十收六七。今日所有选拔的任务专归吏部尚书，以一人的镜子照察天下，了解天下人物，这与以管窥天有什么区别呢？如今在战争中立下功勋的人甚多，又有羽林军入选，武夫得势，却不识字，更不会计算，只懂得举着弓弩冲锋，追随踪迹抓人。这样的人怎么能治理好天下？再说武人太多，而官员的名额太少，即使让十人共一官，官职也不够用，更何况每个人都希望得一个官职了，这怎么能不引起怨恨呢！我与上边当面争执，说不宜使武人入选，请求赐给他们爵位，多发他们俸禄。但是上边不接受。所以用了这个权宜之策，用年头限制一下。这就是我的本意，但愿将来的君子能够明白我的心。

顾炎武评论说，北魏失去人才就是从崔亮开始的。不过看他回信的意思，考察当时的形势，羽林之变并不是他姑息的，武人封官也不是他滥给的，崔亮用这个规矩也是不得已。奇怪的是，现在上边没有那些立下功勋的人压着，下边没有鼓噪的叛党逼着，究竟怕的是什么，还用这论资排辈的办法呢？

顾炎武说得很清楚，崔亮的办法是用来安抚上上下下的压力集团的，是被迫的让步。我们也从孙丕扬的故事中看到，顾炎武所说的"现在"——明朝末年，也同样面对着权势集团的压力。抽签等等也是不得已。孙丕扬和崔亮这两位吏部尚书相隔一千余年，但是选官规则的形成法则相同，形成的情势相近，形成的结果自然也差不多。一个很明白的问题竟然用一千年也解决不了，真所谓"后之视今，亦犹今之视昔，悲夫"。

4

我们已经看到了三个层次的选任官员的方式。表层是理论上冠冕堂皇的"选贤任能",中层是论资排辈和抽签,底层是权势集团的私下请托,或者叫走后门。

明朝小说《醒世恒言》卷三十六介绍了一种在吏部走后门当官的规矩,名字叫"飞过海"。明朝沿袭元朝制度,吏员每三年一考,三考合格,即为考满,考满的吏就可以去吏部候选当官。"吏"是不入流的国家工作人员,并不是官。用当代语言打个比方说,他们没有干部身份,只能算国家正式职工。如果想工转干,就要苦熬九年,通过三次考察,这才有了"工转干"的资格,可以混个三把手、四把手干干。但是有了资格并不一定能当上干部,人多位置少,什么时候能上岗是很难说的。于是就有人发明了一种抢先的办法,这便是"飞过海"。

《醒世恒言》中说:

> 原来绍兴地方,惯做一项生意,凡有钱能干的,都到京中买个三考吏名色,钻谋好地方,做个佐贰官出来,俗名唤做'飞过海'。怎么叫做'飞过海'?大凡吏员考满,依次选去,不知等上几年。若用了钱,挖选在别人前面,指日便得做官,这谓之飞过海。还有独自无力,四五个合做伙计,一人出名做官,其余坐地分赃。到了任上,先备厚礼,结好堂官,叨揽事管。些小事体,经他衙里,少不得要诈一两五钱。……所以天下衙官,大半都出绍兴。

当然这也不能怨绍兴人。绍兴地少人多,生活不下去,总要谋一条出路。（明）王士性在《广志绎》中说：山阴、会稽、余姚，人口繁多，本地的房屋耕地连一半的人口也供养不起，于是聪明敏捷的人，就进京当了都办，从要害部门到闲曹细局，到处都是这一带的人。——全中国的大小衙门里充满了绍兴人，原来是生存环境逼的。而从绍兴人的角度看，"飞过海"不过是激烈的生存竞争的一种手段。民间的生存压力，就是这样转化为官场内部的"请托制"的运行动力。

绍兴人在北京托人走后门花的钱，只是推动请托方式运行的一小部分费用，因为它只涉及到吏员"工转干"这一条途径，不过是明朝选官的数条途径之一，并且还是很小很不重要的途径。至于推动整个"请托制"运行的费用总额有多大，当时没有正式统计，我现在也很难估计。但我们知道，在孙丕扬上任前的嘉靖年间，也就是《醒世恒言》中写到的"飞过海"的流行年代，吏部的一个吏员的肥缺就价值上千两银子，相当于当时一个县太爷二十年的名义工资。权贵们收了人家的厚礼，经常点着名安排某个人到某个位置。另外，在孙丕扬生活的万历年间，如果某人从官员的位置上退下来，你想让他推荐你接任，即使你的学历资格年头全够，这笔推荐费也要五六百两银子[①]，大概相当于一户自耕农二十年的收入。上边这两个例子不过是群豹身上的两块

[①] 《万历野获编》卷十二，中华书局，1959 年 2 月第一版，1997 年 11 月第三次印刷。

斑点,明朝文职官员的"岗"在两万个以上,吏员超过五万五,武职更超过十万,这两块斑点的大小,可以帮助我们管窥和推测请托费用的整体规模。

这笔官场上的巨额投资,最终自然要从老百姓身上一钱一两地捞本取利,《醒世恒言》已经介绍得很清楚了。

请托盛行,意味着谁有路子谁当官。这又大体相当于谁有银子谁当官,谁会巴结谁当官。谁有银子谁当官的道理还可以再推进一步,因为明朝的官员工资甚低,不应该有很多银子,银子多恐怕也就是灰色收入多,贪赃枉法的嫌疑大。这就意味着溜须拍马高手和贪赃枉法的嫌疑犯最有可能当官。当然也可以像《醒世恒言》中说的那样,大家先凑钱买个官当,按入股的比例分赃——这就意味着贪污准备最充分、贪污压力最大的人最可能当官。这显然是一幅很糟糕的前景:衙门里充满了贪官污吏和结伙打劫强盗,动辄敲诈一二两银子,如此用不了多久,天下就只能看见穷山恶水贪官刁民了。

在上述情景之下,如果我们设身处地替孙丕扬想一想,就会发现他胆识过人。

掣签法一出,请托无处容身了,那些权贵,包括孙丕扬的那些花大钱钻营进来的部下,都断了一条财路。没有过人的胆量,或者头上有许多小辫子被人家攥在手里,谁还敢做这种得罪人的事情?自己先断了自己的财路,谁又肯做这种吃力不讨好的事情?

此外，论资排辈和抽签本身堪称极其高明的流线型设计。如果要发明一种在官场中的阻力最小、压力最轻、各方面都能接受的肥缺分配办法，恐怕那就是论资排辈加抽签。资格和辈分是硬指标，不容易产生争议，这就能够持久。人人都会老的，谁都不会觉得这个办法对自己格外不公平，这就容易接受。已经老的人关系多，经验丰富，常常还是年轻人的师长师兄，年轻人很难公开反对他们，这就让反对者难以成势。至于在相同资格和辈分的条件下抽签抓阄，这是把前程交给天意和命运安排，而天意和命运也是人人尊重，根本就无法反对的。

最后还有一条好处，一旦开始了论资排辈，再要废除就不太容易，代价会很高，因为耐心等待多年的编织了坚实的关系网的人们会群起围攻，说他的坏话，造他的谣言，保护自己即将到手的利益。

事实上权贵们也犯不上去招惹众怒，因为请托的道路并没有被孙丕扬彻底堵死，他只是在自己领导的吏部堵住了这条路，而吏部的考选只是官员升迁的途径之一。另外还有一条途径叫做保举。为了弥补吏部考选的不足，京官五品以上和州县正官以上，都有权保举官员。被保举者的升迁调用不论年头和资格，也不用抽签。崇祯年间的刑科给事中李清在《三垣笔记》中记载，曾有一个人求他保举，开口就要送他三千两银子，由此可以想见保举的行情。在保举的道路上，权贵们的乡里亲旧僚属门下络绎不绝，从来就没有断过。这条溢洪道虽然不那么干净,但也起到了稳固大堤的作用——权贵们可以绕开抽签制度,无须推翻它。

到了明朝的最后几年,崇祯皇上觉得抽签选上来的官员实在不好用,又提倡保举。第一批保举出来的人果然不错,但接下来便一塌糊涂了。经皇上的倡导,保举的口子越开越大,请托方式也逐渐取代了抽签方式,溢洪道豁成了主渠道。作为主渠道的吏部也同流合污,挤入捞一把的行列,于是形势大坏。忧国忧民的人又呼吁恢复抽签制度,却发现这东西也成了可望不可及的梦想。李自成破陕西,京都大震,明王朝到了生死存亡的最后关头,这时吏部仍然在选官的过程中大肆收受贿赂。崇祯听到了报告,就把祖宗牌位摆在朝廷上,让官员们在神圣的气氛中抽签定岗。当时许多地方已经成了一片废墟,有的地方危机四伏,险地和肥缺全在一个箱子里装着。崇祯规定,不管是什么地方,一旦抽签抽中了,立刻就要上路,限期到任。有的官员规避不出,就令排在他前边的人替他抽签,不能让他溜了[①]。这就是说,在明朝灭亡前的最后关头,抽签制度再获新生,而主持恢复这个制度的竟是励精图治、与朝廷共命运的崇祯皇帝。皇帝本人也和孙丕扬一样让步了。皇上有权,但是找不准打击或提拔的对象,分不清敌我友,贪官污吏用信息战打败了他。

---

① 《三垣笔记》附识上,崇祯,中华书局,1982年5月第一版。

抽签当然不好,但考虑到这许多复杂情况,《明史》的作者最后还是说了许多体谅孙丕扬的话。这位史官前辈说得十分到位,我只能老老实实地转述如下:孙丕扬创建掣签法,虽然不能辨才任官,关键是制止了放任营私的弊病。如果不是他,说不定情况更糟。这也是因地制宜,不可援引古代圣贤的话去责难他①。

5

说了半天,官场上的各种关系都摆平了,大家都没牢骚了,老百姓又如何呢?老百姓缴了皇粮国税,养了千千万万的文武官员,自然期望上边派来一个贤能的领导,否则很应该大发牢骚。不过发牢骚也白发,他们的嗓门不够大,掌权者听不见。这个比喻是嘉靖和万历年间著名的清官海瑞说的,原话是:"百姓口小,有公议不能自致于上。"②海瑞这句话说得异常简洁精确,后人很难超越。但是这话的背后隐藏了一个可疑的前提:上边知道了老百姓的不满一定会替他们作主么?事实上,大量的官办企业经营不善,面临破产,再明白不过地表明了官员的服务对象对他们的工作不满意。这条信息通道并没有堵塞,但是那些工部和户部的官吏很少因此丢官,除非他们在官场上瞎了眼。海瑞的假

---

① 《明史》卷二百二十四,孙丕扬传赞,中华书局,1974年4月第一版。
② 《海瑞集》上编,《淳安县政事序》,中华书局,1962年版。

定显然不能得到历史经验的证实。老百姓的嗓门确实有问题，但是加害于人或者造福于人的实际能力更成问题。

这就是说，在进行官场谋划，努力摆平各种利害关系的时候，无须考虑老百姓的压力，他们根本就不能构成一个压力集团，甚至连一个舆论集团也不是，不过是一盘散沙。那时候又没有"海选"的手段，难道某粒沙子还能跑到吏部去为你争肥缺或者砸饭碗么？如果不能，考虑他们岂不是多余？

作为整个政权的根基，老百姓在理论和原则上非常重要，所谓"水可载舟，亦可覆舟"，因此才有了"选贤任能"、"为民父母"、"爱民如子"之类的大原则和正式规则，以免洪水泛滥，大家遭殃。如果真能做到这一套，老百姓也会感到十分幸福，当牛作马虽然免不了，皇亲贵族的三宫六院和伺候他们的万千宦官也要好好养活着伺候着，但身边毕竟有了一个好牧人。只要他早出晚归，兢兢业业地替天子放牧，屠宰的季节和数量掌握得比较有分寸，老百姓也就像鲁迅说的那样暂时作稳了奴隶。

但是在现实的制度运作中，老百姓什么也不是，无论是压力还是牢骚，什么也传不上去，这就难免"人善被人欺，马善被人骑"。因此就培养出了敲诈勒索，勾引出了官场请托，豺狼饿虎们一个个地混进了牧人的队伍，吃得牛羊们纷纷断子绝孙，这便是最黑的潜规则。按照鲁迅的比喻，这就进入了想作奴隶而不得的时代。

论资排辈和抽签法可以算作灰色规则,位于白色的正式规则和黑色的潜规则之间。沿着这条灰色道路上来的放牧者则是个大杂烩,勤狗懒狗好人坏人豺狼虎豹都有,老百姓赶上谁是谁。这条灰色规则能够大体通行,已经很不容易了。在老百姓什么也不是的情况下,孙丕扬等有觉悟有勇气的好干部,运筹帷幄,建立各种同盟,巧妙地动员官场上的各种力量,经过努力才给牛羊们争取到这个政治成果。这个成果的取得,既可以称之为成功,也可以称之为失败,这大概也是各朝代总能够维持二百多年,最后却终于难免灭亡的道理之一。

新官堕落定律

所谓堕落,当然是从圣贤要求的标准看。如果换成新官适应社会和熟悉业务的角度,我们看到的则是一个重新学习和迅速进步的过程,一个接受再教育的过程。第一次是接受圣贤的教育,第二次则是接受胥吏衙役和人间大学的教育。第一次教育教了官员们满口仁义道德,第二次教育教了他们一肚子男盗女娼。

朱元璋是明朝的开国皇帝,他讨过饭,打过仗,从一个马弁干起,最后得了天下,对人情世故的了解相当透彻。他当然明白自己给官员定的工资不高,所以,在地方官上任之前,他经常要找他们谈一次话,讲讲如何正确对待低工资,如何抵抗贪污受贿的诱惑。他会给自己的部下算一笔很实在的利害关系帐。

朱元璋说:

> 老老实实地守着自己的薪俸过日子,就好像守着井底之泉。井虽然不满,却可以每天汲水,泉不会干。受贿来的外财真有益处么?你搜刮民财,闹得民怨沸腾,再高明的密谋也隐瞒不住。一旦事发,首先关在监狱里受刑,判决之后再送到劳改工场服苦役,这时候你那些赃款在什么地方?在数千里之外呢。你的妻子儿女可能收存了,也可能根本就没有。那些赃物多数藏在外人手里。这时候你想用钱,能到手吗?你家破人亡了,赃物也成了别人的东西。所以说,不干净的钱毫无益处。①

这样的利害分析也算得透彻了,但实际上并没有起到多大作用。派下去的官员,如同冒着枪林弹雨冲锋的战士,一排排地被糖衣炮弹击中倒下。前仆后继,一浪接着一浪,一代跟着一代。后来,朱元璋当皇帝当到第十八个年头(1386年),这种现象见得多了,便总结出了一条规律。

朱元璋说:

> 我效法古人任命官员,将他们派往全国各地。没想到刚刚提拔任用的时候,这些人既忠诚又坚持原则,可是让他当官当久了,全都又奸又贪。我严格执法,决不轻饶,结果,能善始善终干到底的人很少,身死家破

---

① (明)朱元璋:《大诰·谕官之任第五》。参见《全明文》第一册卷二十九,上海古籍出版社,1992年12月版。

的很多。①

请留意中间那一句话:"没想到刚刚提拔任用的时候,这些人既忠诚又坚持原则,可是让他当官当久了,全都又奸又贪。"这就是新官堕落定律。"全都"云云肯定是绝对化了,但在统计学的意义上,这条定律大概真能站住脚。仔细分析起来,朱元璋发现的这条规律,背后大有道理。

科举制实行之后,官僚大体是读书人。他们读了十几年圣贤书,满脑袋都是理论上的人际关系,如忠君爱民、长幼有序、朋友有信之类,书生气十足,教条主义倾向严重,未必明白建立在利害算计之上的真实的人间关系。这种关系,圣贤们不愿意讲,胥吏和衙役的心里却清楚得很。《红楼梦》第四回便详细描写了一个衙役向新官传授"潜规则"的故事。这段描写堪称经典。毛泽东主席把《红楼梦》看作那个社会的百科全书,就以这一回为全书的总纲。因此我不避罗嗦,转述几段。

却说贾雨村走了贾府的后门,当上南京知府,一下马就受理了一件人命案。当地名门望族子弟薛蟠,打死小业主冯渊,抢了个丫头,然后扬长而去,受害方告了一年多也告不下来。贾雨村听说,登时大怒道:"岂

---

① 参见(明)吕毖《明朝小史》卷二。北京出版社,1998年影印本。原文是:"朕自即位以来,法古命官,布列华夷,岂期擢用之时,并效忠贞,任用既久,俱系奸贪。朕乃明以宪章,而刑责有不可恕。以至内外官僚,守职维艰,善能终是者寡,身家诛戮者多。"

有这样放屁的事！打死人命就白白的走了,再拿不来的!"说着就要发签,派人去抓。这时他看见旁边一个门子向他使眼色。

进了后边的密室,门子和贾雨村有几段精彩的对话。门子问:"老爷既荣任到这一省,难道就没抄一张本省'护官符'来不成?"雨村忙问:"何为'护官符'？我竟不知。"门子道:"这还了得! 连这个不知,怎能作得长远! 如今凡作地方官者,皆有一个私单,上面写的是本省最有权有势,极富极贵的大乡绅名姓,各省皆然;倘若不知,一时触犯了这样的人家,不但官爵,只怕连性命还保不成呢!"说着拿出一张抄好的护官符来,上边就有薛家。

贾雨村问门子此案该如何处理,门子说,薛家和帮助你当上知府的贾家是亲戚,何不作个人情,日后也好去见贾府的人。贾雨村道:"你说的何尝不是。但事关人命,蒙皇上隆恩,起复委用,实是重生再造,正当殚心竭力图报之时,岂可因私而废法?"门子听了,冷笑道:"老爷说的何尝不是大道理,但只是如今世上是行不去的。岂不闻古人有云:'大丈夫相时而动',又曰:'趋吉避凶者为君子'。依老爷这一说,不但不能报效朝廷,亦自身不保。还要三思为妥。"

贾雨村低了半日头,最后嘴里说着不妥,还要再研究研究,实际上完全遵循门子的建议,很巧妙地解脱了薛蟠。

曹雪芹卒于1764年，与朱元璋相隔约四百年，但是这个世界并没有多少变化。洪武十九年(1387年)，朱元璋曾经写道：建朝以来，浙东、浙西、广东、广西、江西和福建的政府官员，没有一个人干到任满。往往还未到任期考核的时间，自己就犯了赃贪的罪过。这里确有任人不当的问题，但在更大的程度上，这些官员是被当地那些胥吏衙役和不务四业(士农工商为四业)之徒害了，是受了他们的影响、劝说和引诱①。因此，当年朱元璋与上任的官员谈话，总要警告他们当心那些胥吏，不要让胥吏支配决策②。看看贾雨村的实际经历，朱元璋的预防针确实对症下药，那些胥吏和衙役果真在劝诱官员们学坏。他们跟新官算利害关系账，同样算得清晰透彻，只是与朱元璋的结论完全相反：要坚持原则吗？不但不能报效朝廷，自身也难保。轻则丢官爵，弄不好还会丢性命。您可要三思。

新官上任，还会碰到一个不请自来的教师，这就是土豪。在这里，土豪是一个比地主富农更恰当的名词。他们有可能是地主富农，也可能是商人，但绝对不是老实胆小的土财主。他们甚至可能没有正经职业，以欺行霸市或坑蒙拐骗为生，即朱元璋所说的那些把官员教坏的不务四业之

---

① 朱元璋：《大诰续编·松江逸民为害第二》。参见《全明文》第一册卷三十，上海古籍出版社，1992年12月版。

② 朱元璋：《大诰·谕官之任第五》。参见《全明文》第一册卷二十九，上海古籍出版社，1992年12月版。

徒。在《水浒》对西门庆、镇关西、祝家庄庄主等的描绘中，我们都可以看到土豪的身影。这些人是地头蛇式的强者，在当地苦心经营多年，已经建立起一个有利于自己的利益分配格局，他们很愿意把新官拉下水，教他们适应并且保护这种格局。

《明史》中描绘了两个不肯好好学习适应的新官的遭遇：

有一个叫徐均的人，洪武年间在广东当阳春县主簿，这个官类似现在的县政府秘书长。阳春地方偏僻，土豪盘踞为奸，每有新官上任，就以厚赂拉拢腐蚀，最后也总能把持控制，政府就像他们自己家开的一样。徐均刚到阳春，一个吏便向他提建议，说他应该主动去看看莫大老。莫大老就是一个土豪。也不知道徐均是不懂，还是不吃这一套。他问：难道这家伙不是皇上的臣民吗？他不来，我杀了他。说着还拿出了自己的双剑给那位吏看。

莫大老听了那位吏的通风报信，害怕了，就主动去拜谒徐均。徐均调查了解了一番，掌握了他的违法勾当，将其逮捕下狱。莫大老或许认为这是一种敲诈手段，就很知趣地送给徐均两个瓜，数枚安石榴，里边塞满了黄金美珠。徐均根本就不看，给他带上刑具，径直押送至府。没想到府里的官员也被买通，将莫大老放回家了。面对强权，莫大老的脾气很好，再一次给徐均送上那些装满金珠的瓜果。徐均再次大怒，打算再将其逮捕法办。在这关键时刻，府里来函将徐均调离，到阳江县任职去了。①

徐均真是清官。假如他不声不响地收下所谓的瓜果，难道真会像朱元璋说的那样被送进劳改工场吗？根据史书上的记载判断，他的前任都被拉拢腐蚀了，结果并没什么事。他在府里的上司也被拉拢腐蚀了，并且动静很大地放莫大老回家，结果还是没事。收几个瓜果又能有什么事？倒是不收瓜果的徐均遇到了麻烦。可见门子算的账很正确：不但不能报效朝廷，自身也难保。而朱元璋算的账显然有问题，下狱和苦役云云，多半是吓唬人的。

也是在明朝的洪武年间，道同（蒙古族）出任广东省番禺县知县。知县号称一县父母，为当地最高行政首脑，但是还有他管辖之外的权力系统，这就是军队和贵族。

坐镇番禺的是永嘉侯朱亮祖。朱亮祖是打江山的开国元勋，征讨杀伐立过大功。《明史》上说，朱亮祖勇悍善战而不知学，办事经常违法乱纪。而道同偏偏是一个执法甚严的清官，没有道理的事情，不管来头多大，坚决顶住不办。

当地的土豪数十人，经常在市场上干一些巧取豪

---

① 参见《明史》卷一百四十，中华书局，1974年4月第一版。

夺的勾当，以低价强买珍贵的货物。稍不如意，就变着法地栽赃陷害。道同严格执法，打击这些市霸，将他们当中的头头逮捕，押在街头戴枷示众。于是斗法开始。

这些土豪明白，道同这家伙不好教育，便争相贿赂朱亮祖，求他出面说句话。应该说，土豪这样做是很合理的。贿赂既是必要的买命钱，同时也是一种投资。有了永嘉侯撑腰，将来谁还敢惹？如果没人敢惹，这个市场就是他们的金饭碗，永远衣食不愁。

朱亮祖果然被土豪们勾引教坏了。他摆下酒席，请道同吃饭。在席间点了几句，为土豪头子说情。侯的地位在一品官之上，是道同的上级的上级的上级。应该说，以他的身份出面请客，算是很抬举道同这个七品芝麻官了。可是道同偏偏不识抬举。他厉声道："公是大臣，怎么竟然受小人役使呢？"永嘉侯压不服他。朱亮祖也不再跟他废话，干脆就派人把枷毁了，将街头示众的土豪头子放了。这还不算完，随后又寻了个差错，抽了道同一顿鞭子。

有一位姓罗的富人，不知道算不算土豪，巴结朱亮祖，把女儿送给了他。这姑娘的兄弟有了靠山，便干了许多违法的事，如同土豪。道同又依法惩治，朱亮祖又将人夺走。

道同实在气不过，便将朱亮祖的这些事一条条地写下来，上奏朱元璋。朱亮祖恶人先告状，劾奏道同傲慢无礼。朱元璋先看到朱亮祖的奏折,便遣使去番禺杀道同。这时候道同的奏折也到了,朱元璋一看,明白是怎么回事了。他想,道同这么一个小官,敢顶撞大臣,告他的状,这人梗直可用。于是又遣使赦免道同。两位使者同一天到达番禺,赦免的使者刚到,道同也刚被砍掉脑袋。于是,门子的预言再一次应验:"不但官爵,只怕连性命还保不成呢!"不屑于接受再教育的清官道同,终于付出了生命的代价。

在一般情况下,这事到此也就算完了。为非作歹的王侯比比皆是,遵纪守法的却如同凤毛麟角。即使朱亮祖直截了当,擅自将道同收拾了,只要他给道同安上适当的罪名,也算不得什么大不了的事。但是碰到开国之君朱元璋,这事就不能算完。朱元璋吏治之严,堪称空前绝后。杀人只凭一时性起,这一点我们已经在道同的下场中看到了。此外还爱发脾气,激烈且毫无宽容。第二年九月,朱元璋召朱亮祖到京,将朱亮祖和他儿子一起活活用鞭子抽死,然后亲自为他写了墓志,以侯礼下葬。两种规则的斗法至此告一段落。①

我没有仔细计算,不清楚明朝初期贪赃枉法者被揭发处罚的概率有多少。在阅读时得到的印象是:离朱元璋越近,被揭发处罚的概率越高。而不归朱元璋直接管的小官,

---

① 参见《明史》卷一百三十二、一百四十,中华书局,1974年4月第一版。

被揭发处罚的概率则逐级下降。也就是说,在省部级官员这一层,朱元璋算的账比较有说服力。而到了县处级,门子算的账更有说服力。朱元璋惩治贪官的手段极其酷烈,大规模地砍头剥皮截肢剜膝盖,制造了大量冤假错案,也惩办了大量贪官污吏。血洗之下,洪武年间的官场乃是整个明朝最干净的官场。不过即使在最干净的时候,仍有大批高级官员不认朱元璋的账,例如朱亮祖。我估计,在这批靠造反起家的高级官员之中,风险偏好型投资者的比例一定很高,很不容易管理。

朱元璋死后,管账的大老板不那么能干或不那么上心了,下手也不如太祖那般凶狠了,朱元璋的那套算法便越发不对路了。不过,他发现的新官堕落定律却越发灵验了。

明朝制度规定,官员不许在本乡本土当官,怕他们受人情的影响,不能坚持原则。但胥吏和衙役们一定是土生土长的本地人。土豪们就更不必说。他们熟悉当地的语言和风土人情,有一张亲戚朋友熟人织成的关系网,盘根错节,信息灵通,熟悉各种惯例,并且依靠这些惯例谋生获利。那些圣贤书上不讲的潜规则,正是通过这些人继承并传播的。他们是活的教科书。在他们的言传身教和热心辅导之下,官员们学习的时间大大缩短,学费大幅度下降,许多麻烦都可以省去了。这便是朱元璋的"新官堕落定律"的实现过程。

所谓堕落,当然是从圣贤要求的标准看。如果换成新官适应社会和熟悉业务的角度，我们看到的则是一个重新学习和迅速进步的过程，一个接受再教育的过程。第一次是接受圣贤的教育，第二次则是接受胥吏衙役和人间大学的教育。第一次教育教了官员们满口仁义道德，第二次教育教了他们一肚子男盗女娼。

附记：

　　关于官场潜规则的十多篇随笔中的六篇，原载于1999年1—11月的《上海文学》，原作者按语如下：

　　在中国历史上的帝国时代，官吏集团极为引人注目。这个社会集团垄断了暴力，掌握着法律，控制了巨额的人力物力，它的所作所为在很大程度上决定着社会的命运。

　　对于这个擅长舞文弄墨的集团，要撇开它的自我吹嘘和堂皇表白，才能发现其本来面目。在仔细揣摩了一些历史人物和事件之后，我发现支配这个集团行为的东西，经常与他们宣称遵循的那些原则相去甚远。例如仁义道德，忠君爱民，清正廉明等等。真正支配这个集团行为的东西，在更大的程度上是非常现实的利害计算。这种利害计算的结果和趋利避害的抉择，这种结果和抉择的反复出现和长期稳定性，分明构成了一套潜在的规矩，形成了许多本集团内部和各集团之间在打交道的时候长期遵循的潜规则。这是一些未必成文却很有约束力的规矩。我找不到合适的名词，姑且称之为潜规则。

　　官场内部有许多层面和方面的潜规则，我想先写一个"淘汰清官"。这一个"淘汰清官"的定律又涉及到许多方面的因素,不是一两篇短文就能说透彻的,我想分开揉碎了慢慢说。几篇能说清楚,我也不敢确定,也许四五篇,也许七八篇。

　　读史只是我的业余爱好,不敢冒充专家。我所写的,都是一些我在读史的时候冒出来的心得,很可能见笑于大方。但我愿意姑妄说之。能姑妄发之,且有姑妄读之者,则幸甚。

正义的边界总要老

海瑞很快就向皇上提出了爆炸性建议。他说,陛下励精图治,为什么不能大见成效?因为处罚贪官污吏的刑法太轻。海瑞搬出了明太祖朱元璋的立法:贪赃枉法八十贯论绞。他还提到朱元璋将贪官剥皮填草,作成人皮口袋挂在公堂上惩戒后任的办法。海瑞认为,如今就应该用这种办法惩办贪官污吏。此论一出,舆论大哗。

世 道 变 了

万历十二年(1584年)冬,蛰居十四年的海瑞奉召出山,承担了为帝国监督和考察官员的重任。这年海瑞七十二岁,其顽梗刚峻却一如既往。他没有按照惯例推辞谦让一番,而是立刻上路。海瑞把自己在垂死之年赴任比喻为"尸谏",这等阴沉刚烈的意象恐怕也只有他才想得出来。

正如众人预料的那样,海瑞很快就向皇上提出了爆炸性建议。他说,陛下励精图治,为什么不能大见成效?因为处罚贪官污吏的刑法太轻。海瑞搬出了明太祖朱元璋的立法:贪赃枉法八十贯论绞。他还提到朱元璋将贪官剥皮填草,作成人皮口袋挂在公堂上惩戒后任的办法。海瑞认为,如今就应该用这种办法惩办贪官污吏。此论一出,舆论大哗。

贪赃枉法八十贯论绞意味着什么?这条法律是洪武三十年(1397年)颁布实行的,当时一贯等于一两银子的大明宝钞已经贬值到票面价值的百分之二十之下。即使以票面价值估算,如果按照对粮食的购买力折成人民币,八十贯往宽里说也不过两三万元。贪赃枉法两三万元就要判处死刑吗?还要剥皮填草?

《明史》上说,海瑞规切时政,话都讲得很剀切,惟独劝皇帝"虐刑"这一点,"时论以为非"[①]。

"虐刑"是一个令人疑惑的批评。朱元璋主持制订的《大明律》乃是堂堂正正的国法,认真执法怎么可以叫"虐刑"?想当年,朱元璋采用更加严苛的贪赃枉法八十两银子处死的标准,杀贪官如秋风扫落叶,赢得了生前和身后的广泛赞誉,即使有批评者,也不过指责一些超标的滥杀,并没把法律看作"虐"法。然而,一百八十年之后,"时论"却有了

---

① 见《明史》海瑞列传,另见《海瑞集》附录。

这个意思。世道真是变了。

今日的边界也在动

读《较量——中国反贪历程》一书①时,我忽然冒出一个疑问:假如刘青山和张子善活在今天,他们会被枪毙吗?

1952年2月,天津地委书记刘青山和天津专区专员张子善因严重贪污而被处决,史称中华人民共和国反贪第一大案。据中共河北省委关于开除这二位贪官党籍的决议介绍,刘张二位共贪污挥霍三亿多元旧币②。旧币的三亿元等于新币三万元,按照居民消费价格指数计算,1951年的一元新币大体相当于2000年的七元人民币。这就是说,按照今天的标准,这二位大贪官平均每人贪污了十万元左右。贪污到这个数目的官员,如今该当何罪?

《较量》一书从先秦写到1997年,倒数第三页提到了八个最新贪官的名字,我查到其中七位的案情和下落,抄录如下③:

1. 陈希同,北京市委原书记,贪污礼物折合五十五点六万,被判处有期徒刑十六年。

2. 王宝森,北京市原副市长,贪污二十五万、美元

---

① 《较量——中国反贪历程》,王杰、刘振华主编,江西教育出版社,2002年版。
② 同上书,页388。
③ 参见刘斌:《双百贪官犯罪辑要》,(www.chinanews.com.cn)。

两万、挪用三点五亿,自杀。

3. 阎健宏,贵州国际信托投资公司原董事长,贪污六十五万、美金一点四万、合伙贪污一百五十万,被判处死刑。

4. 郭子文,中国煤炭销售公司原总经理,受贿一百九十三点六万,死刑。

5. 李善有,海南省政府原副秘书长,受贿人民币四十三万、股票八万,死缓。

6. 胡建学,山东泰安市委原书记,受贿六十万,死缓。

7. 欧阳德,广东省人大原副主任,受贿五十三万,有期徒刑十五年。

比照上述各位,刘青山和张子善如果不再做十倍的努力,不贪到百万以上,只要厚着脸皮不自杀,今天就不至于死。十万元级别的贪污犯,根据如今的案例推测,也就是坐牢十年的罪过。试比较下列案例:

1. 康辉,人事部工资福利司原司长,受贿十万,有期徒刑十年。

2. 孟庆平,湖北省原副省长,受贿人民币二十四点五万、港币十万,有期徒刑十年。

3. 梁高才,中国石油天然气销售公司原总经理,受贿十万,有期徒刑十年。

4. 姜殿武,河北省人大原副主任,受贿款物合计十七万,有期徒刑十年。

5. 钱棣华,黑龙江大庆市原市长,受贿二十二点五万,有期徒刑十年。

6. 杨善修,河南安阳市原市长,受贿款物折合十三点八万、美金三千三百元,有期徒刑十年。

7. 彭虎,深圳市南山区原人大主任,受贿人民币二十万、港币四十二万(俱乐部会员证),有期徒刑八年。

8. 滕国荣,江西省国税局原局长,受贿十二万,有期徒刑七年。

由此看来,与五十年前相比,如今的世道也变了。

假设海瑞活在今天,呼吁恢复建国初期的惩贪标准,众人会不会骂他劝诱皇上"虐刑"呢?我估计干部会骂,百姓不会骂。这种说法有点阶级分析的味道,恐怕低估了共同的人性,我们不妨比喻得再极端一些。

1942年10月15日,晋察冀根据地民主政府颁布了《晋察冀边区惩治贪污条例》,其中规定:贪污数目在五百斤小米市价以上者,处死刑或十年以上有期徒刑。贪污数目在三百斤小米以上五百斤未满者,处死刑或七年以上有期徒刑。

1943年8月抗日根据地政府公布施行的《山东省惩治贪污公粮暂行条例》规定:贪污公粮五百斤以上者,处死刑、无期徒刑或十年以上有期徒刑①。

三五百斤粮食不就是三五百元人民币吗？这太过分了。这才是无可置疑的"虐刑"。假如海瑞胆敢倡导这种标准，我估计广大干部群众会一致起来反对。奇怪的是，六十年前，通过这条法令的时候，大家怎么不这么感觉呢？

历代的重复

这类世道演变，本身就是一种常规。将两千年间的十余次反复集中起来，这种常规就比较容易显现出来。我们再追溯两朝看看。

北宋初年，赃满五贯者处死。五贯是什么意思呢？当时宰相每月的俸禄是三百贯，小县主簿每月的俸禄为六贯。小县主簿相当于现在的正科级干部，月薪不足一千元人民币。贪污数额不足一个科级干部的月薪就要处死，真有年轻气盛、咄咄逼人的感觉。而且，当时的执行措施也颇为得力，监察御史每月都要完成参劾任务，百日不纠弹，就是给台谏（近似监察部或中纪委）丢脸，要罚"辱台钱"②。

---

① 转引自《较量——中国反贪历程》，王杰、刘振华主编，江西教育出版社，2002年版，页364—366。
② 同上书，页86。

过了四十年(998年),到了宋朝的第三代皇上真宗赵恒手里,年轻气盛的标准渐露老态,流配海岛代替了死刑。再过六七十年,贪官流放时无须受杖了,脸上也不再刺字。又过三四十年,宋徽宗赵佶即位,《水浒》所描写的这个时代是贪官们的好时光,据说,当时廉吏的比例不过百分之十,而贪官的比重达到了百分之九十,皇上发现了贪官污吏,只给一个行政处分,"去官勿论",惩贪的法律名存实亡。南宋亦然。"不屑官吏之非法横取,盖已不甚深求。"①

唐朝的立法也很严厉。当时以绢计价,官吏受赃一尺,杖一百;贪赃枉法十五匹,以绞刑处死。据说,唐太宗立法后执法心切,有一次竟派人去贿赂官吏,故意勾引官员们犯法。刑部司门令史没有经受住皇上的考验,受贿一匹绢,唐太宗就要将他处决。多亏了户部尚书裴矩依法力争,批评皇上求治心切,矫枉过正,这才救下一条人命②。一匹绢的长度为三丈,按照明朝的折算率,价值七钱银子,相当于一百多元人民币。唐朝的立法竟以十两银子为处死标准,而唐太宗竟然要为七钱银子杀人。如此咄咄逼人的执法气势,又叫人想起解放区那晴朗的天空。当然,这股气势又渐渐衰竭,《唐律》中有关官吏贪赃的刑罚规定,最后也与一纸空文差不多了。

---

① 转引自《较量——中国反贪历程》,页95。
② 同上书,页82。

法行故法在

我重复四遍描述了同一种现象:随着年头的增加,某些行为边界总要朝有利于官吏的方向移动。如果更细致地划分,行为边界的移动还有名义移动与实际移动之别。

法律是公开标明边界,改动起来比较麻烦。实际管用的边界,只要睁一只眼闭一只眼就换了位置。套用一句哲学名言来说,"法行故法在",无人防守的边界其实算不得边界。由于无人把守,实际边界便暗自移动,名义边界也会羞答答地渐渐跟上,上述四个故事里都有这个程序。

"行为边界"这种提法,来自海瑞的同乡门生梁云龙。梁先生官至湖广巡抚兼右副都御史(监察部副部长),在《海忠介公行状》[①]一文中,他把海瑞最后一次出山的主要工作概括为"正官民界限"。他说,南京一带的火甲组织(近似如今的联防),本来并没有杂差,如今南京的千百官员却利用这个系统摊派各种劳务和费用,官吏侵犯平民,百姓把官吏看成病害。海瑞重新制订规矩,一项一项地削减摊派,将官民界限重新调正了。

梁先生的说法可以帮助我们拉开视野。海瑞最后一次出山,干了三件惊世骇俗的事,其实质都属于"正疆界"。建

---

① 见《海瑞集》附录,中华书局,1962年版。

议恢复严刑是其一,大规模削减摊派是其二,杖责御史是其三。前两件已经说过,无须解释。第三件杖责御史,相当于"文革"时期,给一位处长戴高帽子坐喷气式飞机开批斗会,而这么做的原因,不过是该处长违反纪律吃喝玩乐唱卡拉OK——"宴乐游戏"。据说,海瑞将部下的御史召集一堂,问道:你们大概听说过高皇帝(朱元璋)颁布的杖打御史的法令吧?说完就下令行杖,众御史大惊,争辩劝解。至于劝解是否管用,最后到底打没打成,后世有两种流传版本,前半段故事却是一致的。

国家干部领取的工资,号称是皇家发的俸禄,最终来源于百姓。国家干部办公,可以看作为皇帝服务,也可以看作拿百姓的钱为百姓干活。奈何这些干部光拿钱不好好干活,还要贪赃枉法,这既侵犯了百姓的疆界,也侵犯了皇权的疆界。海瑞忠君爱民,高举义旗,反击官吏集团的侵吞蚕食,结果,用他自己的话来说,很快就感觉到"窝蜂难犯",攻击者连他家里的婆媳关系和妻妾关系都抖搂到皇上面前。由此可见,官僚集团对本方疆界把守甚严,反应迅速,反击有力,而且不择手段。

正义的边界为什么总要老呢?这与把守者的态度有关,与情报的准确和及时有关,与攻守双方的人数组织和装备有关,不过这已经是另外一个话题了。且不管我们如何解释这种现象,边界两边较量了数千年,进退生死,历史一遍又一遍地兀自重复着。

官场传统的心传

清朝官员到北京行贿,先要按规矩到琉璃厂的字画古董店问路。讲明想送某大官多少两银子之后,字画店老板就会很内行地告诉他,应该送一张某画家的画。收下银子后,字画店的老板会到那位大官的家里,用这笔银子买下那位官员收藏的这位画家的画,再将这张画交给行贿者。行贿者只要捧着这张很雅致的毫无铜臭的礼物登门拜访,完璧归赵,行贿就高雅地完成了。

我读过几本清朝人写的笔记,恰好知道一些百年前福建官场的情况。今年1月中旬,我在《南方周末》(2000年1月14日)上读到两篇描写当代福建官场的文章,题目是《贫困县的"红包书记"》和《另一起"红包丑闻"》。古今对比,迢迢暗递的传统浮现眼前。

报上说,"红包书记"丁仰宁在福建省政和县当政两年,收受红包一百多万元。当地向领导干部送红包已经形成风气,层层都在送,层层都在收。另一篇谈到福建宁德地区官场的文章也说,红包的大小与官员的级别成正比,红包是权力运作的润滑剂,个人、单位、党政机关全都大送红包。

在红包的大小、作用和普及程度方面,今日福建官场与清朝官场没有明显区别,但在名称和递送技巧方面,区别却很显著,让人感觉到传统断裂的痕迹。红包书记亲自介绍了几种送红包的花样,他使用的语言很贫乏,翻来覆去就是"红包"、"送礼"这两个词,而他列举的那些花样,还有另外一篇文章以同样贫乏的语言提到的花样,在清朝官场都有很确切的名字。

红包书记说的逢年过节送红包,还有利用生日送礼,在清朝的术语叫"三节两寿"。这个词通行全国。"三节"是指春节、端午和中秋,"两寿"是指官员自己和官员夫人的生日。现在领导干部出差收授的红包,在清朝叫"程仪"。请官吏办事送的红包,在清朝叫"使费"。请中央各部批准什么东西,递上去的红包叫"部费"。还有几十种名目,譬如告别送别敬,冬天送炭敬,夏天送冰敬或瓜敬,向领导的秘书跟班送门敬或跟敬,等等。我不熟悉情况,对应不好,就不一一列举了。以三节两寿为首的所有这些花样,明清时统称为"官场陋规",现在则宽泛且模糊地称为"不正之风",全然不顾其规则性的作用。在明朝和清朝,这些术语是延续使用的。经过五六百年的积累和充实,词汇像官场规矩一样变得丰富细腻,体现了官场"潜文化"积淀的丰厚。

　　我在这里杜撰了一个"潜文化"的词,目的是与官场上正式的"红头文件"划清界限。"潜文化"的东西是很少形诸文字的,积累和发展的道路自然不那么顺畅,红头文件则不然。历代的行政法规按中央六部的分类归为"六典",清朝的阎镇珩仅仅梳理了一遍就花了十三年,写了部《六典通考》,竟用了二百卷的篇幅。这些红头文件大体都说得很漂亮,勤政爱民云云,规定也越来越具体细致。假如当真行得通,我们的文明肯定有资格征服世界——无须花那些冤枉钱搞大选、维持议会和最高法院,统治集团就像人民的父母一样慈爱,像圣贤一样英明。奈何这些漂亮东西不太中用,倒是那些只做不说的"潜文化"生命力极强,大有"野火烧不尽,春风吹又生"的劲头。打算学习研究这种东西的人,最好潜入官场生活之中,在实践中摸索总结。如果想研究前朝,就要扎到小说笔记和原始档案之中翻检搜寻。

　　谈到小说,我想起了高阳先生在《胡雪岩》一书中写到的行贿办法。清朝官员到北京行贿,先要按规矩到琉璃厂的字画古董店问路。讲明想送某大官多少两银子之后,字画店老板就会很内行地告诉他,应该送一张某画家的画。收下银子后,字画店的老板会到那位大官的家里,用这笔银子买下那位官员收藏的这位画家的画,再将这张画交给行贿者。行贿者只要捧着这张很雅致的毫无铜臭的礼物登门拜访,完璧归赵,行贿就高雅地完成了。这里的一切都是合法的,字画价格的模糊性提供了安全性。字画店的老板也非常可靠,他只按规矩收一笔手续费。我想,这些门道和规矩,都凝结着我们祖先千百年的智慧和知识,相形之下,现在的官员真是太俗太蠢太无知了。红包书记说现在的人送礼,经常在香烟、酒盒、果箱里藏钱,还送一些空调和微波炉之类的夯货。这再次表明了潜文化传统的断裂,似乎一切都要从头摸索。从好的方面说,技巧的笨拙表明行贿发生的次数不多或时间不长。从坏的方面说,又表明这种现象的生存环境更好,官员的脸皮更厚,无须精巧打扮。即使将来打击得紧了,官员的脸皮薄了,其发展潜力仍不可限量。

红包书记是1976年高中毕业的,恰好我也是那一年的高中毕业生。作为同龄人,我深知他所受的教育是多么干净。所有染上"封资修"色彩的读物一概查禁,即使在大规模的批孔运动中也读不到孔夫子的原著,更何况关于官场潜规则的腐朽知识。这些年"沉渣泛起",继承传统受到了鼓励,但我又不敢指望现在的官史有那份能力或耐心去翻检古籍了。

令人拍案叫绝的是,如今的贪官根本就用不着翻检什么古籍,他们无师自通,与明清官场患上了一模一样的病症,就连"三节"也和明清一样选在春节、端午和中秋,绕开了法定地位远高于端午的元旦、五一和国庆节。这真是莫名其妙,妙不可言。

以《另一起"红包丑闻"》中提到的事实为证:"林(福建

省福鼎市点头镇原党委书记林亚宁)透露,红包主要送给上级领导和省、地、市有关部门。给上级领导送红包是为了联络感情,给上级有关部门送是为了争取资金、项目。"

这里提到了两个目的。第一个目的是联络感情,说明白点就是为了升官,这与明清官场是一样的。如今有些官员的升迁仍然取决于与上级的关系,层层递升上去,每一层的成功与否都取决于争当"接班人"的技巧,而整个过程中都像明清一样没有老百姓插手的份。第二个目的是争取资金项目。在传统上这本来是民间的事情,现在也收归政府了。难道政府官员那么愿意辛辛苦苦给国有企业争资金上项目吗?真正重要的是,这些钱到手后不用操心去还。所谓"吃完了财政吃银行,吃完了银行吃股民",一路吃下来,官员们的肚子就肥胖饱满了。如此成熟完善的国有企业和国有银行的债务软约束体系,如此巧妙地避开了直接反抗的吞噬民间财产的体系,属于当代国人的新创造,明清时代只存在一点不值一提的苗头。

与上级领导和部门联络感情的利益如此巨大,送红包便势在必行了。有了这种根基,没有名词可以发明名词,没有经验可以摸索经验,没有传统可以创造传统,断裂个二三十年乃至百八十年,无非是一次冬眠。所谓"野火烧不尽",就是因为烧掉的只是表面的几个名词,地表下的草根还活得好好的,沃土也没有变成沙漠:人心还是那颗"食色性也"的心。

其实,现代人如果肯下功夫,关于官场运作实况的潜规则的知识还是可以找到的,明清野史中甚至还有如何走私,如何收买"海关"和"水师"(海军),如何处理不同走私团伙的利益冲突的知识。走私者和受贿者学习好了,可以少犯"远华"案中的错误。为中国的前途命运操心的领导人学习好了,更可以来个釜底抽薪,彻底改良土壤,免蹈从秦汉到明清历代王朝都绕不开的覆辙。

晏氏转型

"大鱼吃小鱼,小鱼吃虾米,虾米吃淤泥"。老百姓是虾米,靠泥土中的微生物生活。县太爷之流的小官是小鱼,靠百姓生活。权贵以及权贵左右的助手是大鱼,靠勒索小官生活。虾米的生长繁殖速度是固定的,只要吃的数量适当,别超过虾米的生长繁殖速度,这就是合理的。

《晏子春秋·外篇第七》中记载了一段晏子改规则的故事。晏子(名婴,卒于公元前 500 年)是与孔子同时代的齐国贤臣,年龄大概相当于孔子的父辈。他生活的那个时代,正是为后世建立种种基本规则的所谓轴心时代,他的故事也蕴涵了这类规则问题。

故事说,齐景公派晏子去东阿当领导,在晏子领导东阿的第三年,齐景公把他召回来训斥了一顿。齐景公说:"我还以为你挺有本事呢,派你去治理东阿。现在你竟把东阿给我搞乱了。你回去好好反省反省吧,寡人要狠狠处理你。"晏子的态度极好,立刻表示改正,他说:"请允许我改弦更张,换一个办法治理东阿。如果三年治理不好,我情愿以死谢罪。"齐景公同意了。

第二年,在晏子上来汇报税收工作的时候,齐景公迎上前去,祝贺道:"好极了!你治理东阿很有成绩嘛!"

晏子回答说:"从前我治理东阿,后门全部关死,贿赂根本就没有。池塘里的鱼都造福穷人了。那时候老百姓没有挨饿的,而您反而要治我的罪。后来我治理东阿,大走后门,大行贿赂,加重老百姓的税赋,搜刮来的财富不入国库,都孝敬您左右的人了。池塘里的鱼,也都入于权贵之家。现在东阿的老百姓有一半在挨饿,您反而迎上来祝贺我。我这人傻,治理不了东阿。请您准许我退休,给贤能的人让位。"说着连连磕头,请求退职还乡。齐景公听了,从座位上走下来道歉说:"请你一定勉力治理东阿。东阿是你的东阿,我不再干涉了。"

分析这个故事,我们至少可以发现三个要点。第一,晏子初期不媚上不欺下,实行了一套合乎仁义道德的政策;第二,晏子后期欺下媚上,实行了一套竭泽而渔的政策,这是只做不说的潜规则;第三,合乎仁义道德的政策顶不住巨大的压力,被迫向潜规则转变。这三个要点构成了一个堪称经典的制度变迁模型。读读中国历史,这类制度变迁总是在人们的眼前晃来晃去,似乎生怕大家不认识它。为了识别方便,我们干脆给它起个名字,叫做晏氏转型。

在晏氏转型的前型中,老百姓也要纳税,但是还不至于被剥夺到挨饿的程度。在晏氏转型的后型中,老百姓的赋税大大加重了,一半的人在挨饿,继续下去,恐怕纳税人口将锐减。我们可以把这种关系想象为那条传说中的食物链:"大鱼吃小鱼,小鱼吃虾米,虾米吃淤泥。"老百姓是虾米,靠泥土中的微生物生活。县太爷之流的小官是小鱼,靠百姓生活。权贵以及权贵左右的助手是大鱼,靠勒索小官生活。虾米的生长繁殖速度是固定的,只要吃的数量适当,别超过虾米的生长繁殖速度,这就是合理的。孟子所谓"无君子莫治野人,无野人莫养君子","治于人者食(音饲,喂养之意)人,治人者食于人",就包含了这个意思。领导当然是应该吃虾米的,但是要有规矩。例如皇上一顿可以吃多少,皇后一天可以吃多少,县太爷一个月可以吃多少,都有一个规定,不能过分,不能竭泽而渔,不能让人家拼命生长繁殖还供不上你吃。如果吃的分量恰当,就是仁政,譬如晏子前型。如果吃得过分,像晏子后型那样,就是苛政。苛政猛于虎,吃人可以不吐骨头。苛政越过了界限,虾米的种群被吃得急剧缩小,大大小小的鱼们没了食物,最后谁都活不下去。所以,苛政是公认的坏政,仁政是公认的好政。难题在于,仁政总是面临着巨大的压力,好像水往低处流一样,按捺不住地转变为苛政。

在《晏子春秋》这本书里,晏子治东阿的故事先后讲述了两遍，上面引用的那个版本是在"外篇"里讲的，还有一个版本是在"内篇"里讲的。在内篇的版本里，晏子刮穷了百姓，喂足了权贵之后，齐景公将晏子召回嘉奖，同时还让晏子介绍一下经验——你是如何取得如此巨大的成绩的。于是晏子向齐景公分析了前后两种政策所涉及的利益集团及其利害关系。听听这位贤人的分析，我们可以找到仁政堕落为苛政的压力来源，领会晏氏转型的动力机制。

晏子对齐景公说：过去我治理东阿，堵住小路，关紧后门，邪民很不高兴；我奖励勤俭孝弟的人，惩罚小偷坏人，懒民很不高兴；我断案不偏袒豪强，豪强很不高兴；您左右的人求我办事，合法我就办，不合法就拒绝，您的左右很不高兴；我侍奉权贵不超过礼的规定，权贵们也不高兴。邪民、懒民、豪强这三邪在外边说我的坏话，您的左右和权贵这二谗在里边进我的谗言，三年内坏话就灌满了您的耳朵。

晏子说，后来我小心地改变了政策，不堵小路，不关后门，邪民很高兴；不奖励勤俭孝弟的人，不惩罚小偷坏人，懒民很高兴；断案时讨好豪强，豪强们很高兴；您的左右求我办事，我一概答应，您的左右很高兴；侍奉权贵超出了礼的规定，权贵们很高兴。于是三邪在外边说我的好话，二谗在里边也说我的好话，三年内好话就灌满了您的耳朵。其实，我过去招致指责的行为才是应该奖赏的，我现在招致奖赏的行为正是应该惩

罚的。所以，您的奖赏我不敢接受。

晏子把讨厌正式规则和喜欢潜规则的人分成了两类，用现在的话说就是两大利益集团：一个是民间的"三邪"，另一个是统治集团内部的"二谗"。这两类人的利益所在决定了他们的好恶，而他们的好恶关系非常重大。

统治集团内部的人，控制着通向以暴力组织为后盾的最高权力的信息渠道，他们是齐景公的耳目。晏子实际上干得如何并不要紧，要紧的是信息渠道中传上去的是恶言还是美言，在正常情况下，他本人的命运便是由此决定的。作为信息通道的把关人，二谗在晏子面前碰壁，愿望没有得到满足，预期中的利益未能实现，积攒了满腔怨恨，自然不肯传达有利于晏子的好话，也不肯拦截诋毁晏子的坏话。如果实在听不到什么坏话，我想，只要有机会，他们一定也愿意编造出一些谣言。更何况民间还有三邪存在，不愁听不到坏话。

民间的三邪，是有能力也有愿望与二谗勾搭的人。二谗接触的几乎都是这些人。二谗吃他们的，拿他们的，听他们的，在信息通道中传递他们的意见。因此他们在政界的嗓门格外大，就好像现代政治中强势的"院外活动集团"。晏子得罪了这个集团，自然要成为他们游说攻击的目标。

那么，从正式规则中受益，在潜规则中受损的普通老百姓呢？他们自然是支持晏子的，可惜，他们的力量太弱，声音太小。他们的赞赏不能使晏子升官，而三邪二谗却可以。

他们挨饿并不能让晏子丢官,而三邪二谗却能够。这些老百姓,按照马克思的比喻,就好像是一麻袋毫无组织的土豆。而缺乏组织的土豆,一麻袋也好,一火车也好,在土豆们进行利害计算的时候,损益得失无异于一个土豆,并不像通常想象的那样是所有的土豆之和。零散的土豆无力保护自己的利益,需要高高在上的皇帝代表他们,赐予他们雨露阳光。

按照马基雅维利的分析,这些土豆不仅能力不足,热情也不够。在晏子建立的理想秩序中获利的老百姓,只是一些无精打采的支持者。他们怕三邪二谗,也不相信理想的秩序能够推行到底。相反,三邪二谗却热情十足,利用每一个机会向晏子进攻。当然,我们也不好抱怨老百姓不够意思,说他们胆小怕事。如果把晏氏转型中的所得所失分摊到每一个老百姓的头上,在每次转变造成的新增得失中,每个人确实摊不上多少。他们犯不上为这一点东西冒险招惹政府官员。而分摊到三邪二谗的头上,每个人得失的份额都足够多,足以激发起大家高昂的热情。总之,老百姓不如三邪二谗的政治热情高昂,这是有数学计算上的根据的。

双方的热情和影响力的差距如此巨大,从趋利避害的角度看,行政官员何去何从已经命中注定了。

我还要再补充一句:晏子在分析中忽略了他本人和他的同事们的物质利益。难道他这个级别的官员就不爱吃鱼虾么?难道只有三邪二谗的嘴馋么?当然晏子本人很廉洁,而且他生活的那个时代比较早,中华帝国尚未建立,大量官吏衙役的职位还没有发育成熟,食物链还比较简单。

不过,两千多年之后回头再看,我们就必须补充上这一点:包括晏子本人在内的官僚集团也是可以从晏氏转型中获益的。他们可以参与分肥,可以多吃几口虾米。在三邪二逸之上再加上这块砝码,理想秩序向潜规则坠落的速度将愈发势不可挡。

让我们在想象中变成这块砝码,从个人在官场中生存和发展的策略的角度,设身处地验证一下这个说法。

最开始,我们遵守仁义道德,不欺下不媚上,努力当好父母官。这是理想中的为官之道,是冠冕堂皇的官场进步策略,在历朝历代的官场上确实也可以找到这样的清官。可是我们在抵抗堕落的诱惑,努力当一个忠君爱民的好官的时候,竟然受到了来自上边和下边的强大压力。我们发现,原来上边是很想让我们媚的,诱导我们媚,暗示我们媚,强迫我们媚,不媚就有祸。而媚上就要上贡,就要贡鱼贡虾,这就难免欺负下边,让鱼虾们倒点霉。出乎意料的是,下边也很愿意我们欺负,虾群中的积极分子会主动协助我们欺负,把他们的邻居加工好,送货上门,并不用我们太费心。如此容易地"欺下"之后,我们又进一步认识到,原来老百姓并不难欺负,欺负了他们几次,他们也没什么办法。那么我们如何是好?是放弃仁义道德,转而采取欺下媚上的官场生存策略呢,还是明知山有虎,偏向虎山行,硬要跟领导和群众对着干呢？

从利害关系的角度看，对抗当然是要倒霉的，听话才有出路，自己也可以跟着沾点光。但是从道德是非的角度看，欺下媚上毕竟有点不对劲。怎么办？这是每个官员都躲不开的实际问题，也是一个可以逼迫大多数人显现原形的问题。如果碰上思想不那么纯洁，立场不那么坚定的人，恐怕就会冒出这样的念头：我对抗领导，然后丢掉饭碗，真能起到什么好作用？白白牺牲了自己，换上来一个新的，说不定一点良心也没有，欺压老百姓更加残酷，还不如我呢。为了减轻东阿人民的损失，我要坚守岗位，多跟领导合作，少搞对抗。——如此一想，良心竟然被我们糊弄平整了，我们也就可以坦然地媚上欺下了。这种官场生存策略的转变正好与晏氏转型相对应。

晏子毕竟不是等闲之辈，他聪明过人，路数也过人。晏子拒绝正面回答问题，避开了尖锐的选择及其政治风险和良心负担。他利用最高领导亲自听取汇报的机会，把不同的选择方案及其后果摆到了领导本人面前，请领导替他做主。最高领导倾听之后，亲笔批示：特准晏子在官场上遵守仁义道德，不媚上不欺下。钦此。

崇祯死弯

——帝国潜规则的一个总结

征税的压力越大,反叛的规模就越大,帝国新增的暴力敌不过新生的反叛暴力,到了这种地步,崇祯只好上吊了。

致命的 U 形弯

崇祯十七年(1644 年)三月十九日,是明朝最后一个皇帝朱由检上吊自杀的日子。在此二十多天前,内阁大学士(类似现在的副总理或政治局委员)蒋德璟和皇上顶嘴,说了几段为时已晚,但在我看来仍然非常要紧的话,惹得皇上大怒,蒋德璟也因此丢了官。

这次顶嘴起源于对加税的不同看法。五年前,崇祯十二年春,皇上在全国范围内加派七百三十万两白银,作为练兵费用,叫做练饷。这是崇祯即位之后的第四次大规模加税,全国人民的纳税总额至此几乎翻了一番。皇上加税确实也是出于无奈。中原一带的农民造反还没有平息,满洲又闹翻了天。就在决定加税的一个多月前,清兵在河北山东一带纵横蹂躏两千里,掳掠人口牲畜五十余万,还在济南杀了一个德王。人家大摇大摆地杀了进来,又大摇大摆地满载而归,明朝的官军竟然缩做一团不敢跟人家交手。这样的兵岂能不练?练兵又怎能不花钱?不过皇上也觉得心虚,税费一加再加,老百姓方面会不会出什么问题?杨嗣昌是当时的兵部尚书(类似现在的国防部长),他办事认真,聪明干练,替皇上做了一番阶级分析。

杨嗣昌说:加税不会造成伤害,因为这笔钱是加在土地上的,而土地都在豪强手里。杨嗣昌以上次加征的剿饷为例,一百亩地征三四钱银子,这不但没有坏处,还能让豪强增加点负担,免得他们钱多了搞土地兼并。这种分析听起来颇有道理。

皇上还听过另外一种支持加税的分析。崇祯十一年考试选拔御史,一位来自基层的名叫曾就义的知县也说可以加税。他说关键的问题在于地方官不廉洁,如果他们都廉洁了,再加派一些也未尝不可。皇上觉得这种观点很对心思,便将他的考试名次定为第一,又升了他的官[①]。据说曾知县为政廉洁,他的见解想必是有感而发,在逻辑上也绝对正确。

---

① (清)严有禧:《漱华随笔》卷一。顺便提一句:曾就义上任不久就病死了。严有禧恨恨地骂道:"夫国计民生,何等重大,而昧心妄言,以博一己之官,此天地不容。曾之死,阴祸致然也!"我觉得他骂得有点不分青红皂白。

从百姓负担的角度看,腐败等于一笔额外的重税。假设真能减去这笔"腐败税",多派一些军饷当然无妨。

有了这些分析的支持,皇上又征求了另外两位内阁大学士的意见。这二位也赞成加税。于是皇上拍板定案,加征练饷①。假如是现在,决策者大概需要追问一些数字,譬如腐败造成的额外负担究竟有多重,有把握消除多少?究竟有百分之几的土地在豪强手里,又有百分之几的土地在自耕农手里?豪强们的佃户负担如何?等等。奈何帝国的最高决策者和他的顾问都不擅长定量分析。

一晃练饷征了五年,原来企图解决的问题不但没有解决,反而加重了。官军照样不灵;清兵还在闹着;李自成更由战略性流窜转为战略性进攻,从西安向北京进军,已经走到了大同一带;杨嗣昌本人也在与张献忠的作战中失利自杀。这到底是怎么回事?是不是需要检讨一下大政策了?这时一位叫光时亨的给事中(近似总统办公室负责监察工作的秘书)给皇上写了份奏疏,他认为,加征练饷的政策是祸国殃民的政策,应该追究倡议者的责任。

按照规矩,这份奏疏先由内阁大学士过目,替皇上草拟一份处理意见,再交皇上最后定夺。于是内阁大学士蒋德璟就替皇上草拟了一段话,大意是:以前的聚敛小人,倡议征收练饷,搜刮百姓,导致人民贫穷,种下了祸根……皇上

---

① 《明史》卷二百五十二,杨嗣昌列传,中华书局,1974年4月第一版。

看到这段话很不高兴,这练饷明明是他拍板征收的,蒋德璟却说什么"聚敛小人",谁是小人?皇上把蒋德璟叫来,当面问道:聚敛小人指的是谁?

蒋德璟心里想的小人是杨嗣昌,但杨嗣昌死在岗位上,皇上对他一直心存好感,蒋德璟不敢直说。皇上心里想的小人是他自己,他怀疑蒋德璟在指桑骂槐,非要问个明白。于是蒋德璟就拉出一只替罪羊来,说他指的是前任财政部长。皇上不信,为自己辩护道:朕不是聚敛,只想练兵。

蒋德璟道:皇上当然不肯聚敛。不过那些部长的责任却不可推卸。他点出了一连串征税的数字,任何人听了都会感到这是搜刮百姓;同时他还点出了一连串兵马的数字,任何人听了都会明白练兵毫无成绩。搜刮了巨量的银子,却没有练出兵来,这究竟应该算聚敛还应该算练兵,已经不言自明了。

后边的话还长。总之是蒋德璟顶嘴,皇上震怒,蒋德璟又为自己申辩,诸位大臣替他讲情。最后财政部长主动站了出来,说本部门的工作没有做好,把责任都揽到了自己头上。皇上听了这话,火气才消了一点。

这位蒋阁老是福建人,说话口音重,不擅长争辩,但是文章典雅,极其博学。蒋德璟回家后便给皇上写了一份奏疏,进一步解释自己的思想。奏疏的大意是:现在地方官以各种名义征税,追讨拷打,闹得百姓困苦,遇到贼反而欢迎,甚至贼没有到就先去欢迎了。结果,兵没有练出来,民已经丧失了,最后饷还是征不上来。因此我想追究倡议练饷者的责任。我这样做很冒昧,我又傻又直,罪该万死。随后引罪辞职①。

请注意这几句话。蒋德璟向皇帝描绘了一种反向的关系:你不是想加饷平贼么？偏偏你筹饷的规模和努力越大,百姓迎"贼"就越踊跃,"贼"也就越多。百姓投了贼,饷更没处征了。这意味着一个空头政策换来了更多的敌人和税基的永久消失。为了表达这个意思,内阁最博学的蒋阁老惹怒了皇上,并且引罪辞职。

崇祯很要面子,心里却不糊涂。与这种矛盾的心理一致,他容许蒋德璟辞了官,但不久也取消了练饷。清朝的史学家赵翼推测崇祯罢练饷的心理,说了一句很简明的话:"盖帝亦知民穷财尽,困于催科,益起而为盗贼,故罢之也。"②用现代汉语更简明地表达,就是:皇帝也知道征税越多盗贼越多。

说到这里,我们清楚地看到皇上转了一个弯。皇上的思维原来似乎是直线的,他想多敛钱,多练兵,从而消灭反叛者。在敛第一个、第二个、甚至第七八个一百万的时候,这种思维似乎还对头,银子多了,兵也多了,叛乱也开始平息了。但是这条路越往前走越不对劲。敛钱敛到第十几个一百万的时候,老百姓加入叛乱队伍的速度和规模陡然上

---

① (明)李清:《三垣笔记·附识上》,中华书局,1982年5月第一版。
② (清)赵翼:《廿二史札记》卷三十六,中华书局,1984年第一版。

升。皇上新敛到的那些军费,新增加的兵力,还不足以镇压新制造的反叛。如此描述这个转弯,带了点现代边际分析的味道,明朝人确实没有如此清晰地讲出来。不过他们显然意识面前存在一个致命的拐弯。这个死弯在我们两千多年帝国的历史上反复出现,要过无数人的性命,现在又来要崇祯的命了。

我们可以想象一个 U 形山谷,从侧面看,崇祯率领着官府的大队人马一路压将下去,挤压出更多的钱粮和兵员,镇压各地的叛乱,并且取得了一些成绩。不过越往后越费劲,最后他撞到了谷底。这时候,他的努力便造成了完全相反的后果。沉重的赋税压垮了更多的农民,逼出了更多的土匪和造反者,叛乱的规模和强度反而开始上升了。

总而言之,征税的压力越大,反叛的规模越大,帝国新增的暴力敌不过新生的反叛暴力。全国形势到了这种地步,崇祯便走投无路了。在我看来,崇祯和明朝就是被这个 U 形弯勒死的,故称其为崇祯死弯。

李自成:谷底的硬石

在不同的地区,对不同的社会集团来说,崇祯死弯的谷底是在不同的时刻出现的。陕西是明末最早露出谷底的地方。至于确切时间,如果以推翻明朝的核心人物李自成的反叛为标志,这个谷底出现在崇祯三年(1630 年)夏季的一天。在那天,一路压榨下来的官府,碰上了李自成这块硬石头。

关于发生在这一天的故事,我看到过三种说法。其中与政府催粮派款联系最为直接的说法,出自毛奇龄的《后鉴录》卷五。毛奇龄是《明史·流贼列传》的撰写人,算得权威人物了。他说"自成……相推为里长"。用现在的话说就是李自成被村民推选为行政村的村长。明末征收税费的途径和现在差不多,也是通过村干部进行的。钱粮交不齐,拿村干部是问。毛奇龄说:"值催科急,县官笞臀,枷于市。"明朝有一套固定的催粮派款的办法,这里记载的"笞"——打板子,"枷"——戴上木枷在大街上示众,都是"催科"的常规程序。按照这种程序,逾期未完税的,每隔五天十天便要打一顿或者枷上示众一回,直到你完成政府分派的交纳任务为止。如果李自成在村子里收不齐钱粮,自己又赔不起,只好逃到一个政府逮不着的地方去。李自成正是如此。

与政府催粮派款的联系稍微间接一点的说法,是孙承泽《春明梦余录》卷四十二的记载:"李自成,陕西米脂县双泉堡人。……因负本邑艾同知应甲之债,逼勒为寇。"

按照这种说法,李自成也是被政府的赋税逼反的,不过中间经了当地一个叫艾同知的乡绅之手。所谓乡绅,大体是指那些退休或养病在家,有干部身份或者叫有干部任职资格的地主。所谓"应甲之债",是在支应政府派到村里的差役时欠下的债务。大概李自成为了支应官府,找艾同知借了债，恰好赶上灾年，一时还不起，被有权势的财主往死路上逼，于是反了。

从名义上说，万历年间实行一条鞭法之后，所有的乱收费乱摊派都并入了一个总数，不应该再有什么额外的支应了。但是上有政策下有对策，地方官总有办法征收额外的钱粮，更何况中央政府也没有起到好的带头作用。在偏僻一些的地方，地方政府竟敢公然签派各种额外的追索，连借口都懒得找。

关于那个谷底的故事的第三种版本，是说李自成的祖父和父亲那辈人，已经在为政府驿站养马的差役中赔累破产，李自成自幼贫穷，吃不饱穿不暖，出家当了小和尚，俗名黄来僧。稍大又给一户姓姬的人家放羊，二十岁便到驿站当了驿卒（近似邮递员）。崇祯二年，因为财政困难，中央政府背不起驿站这个邮局兼招待所的巨额亏损，便下决心大规模裁减驿站。次年，二十四岁的李自成下岗失业。

郑廉在《豫变纪略》卷一中记载了李自成失业后的遭遇。他说，李自成在当驿卒的时候人缘很好，那年饥荒，姓艾的乡绅放贷，李自成还不起欠款，被艾家的奴仆戴上木枷，在大街上暴晒。他的驿卒哥儿们想把他移到荫凉地方，给他点水喝，艾家的人不许。李自成也不肯屈服求情。他的哥儿们按捺不住愤慨，干脆毁了木枷，拥着李自成出走城外。饥民们跟着入伙，于是就成了一支队伍。《豫变纪略》的作者郑廉被李自成的军队俘虏，在农民军中多年，这套说法可以看作造反队伍中的流行版本。

我罗罗嗦嗦地罗列了三种版本,是因为这三种版本涉及到的所有因素都对崇祯死弯的形状和谷底的位置有重要影响。譬如天灾的影响,地主的影响,政府的赋税和额外摊派的影响,严厉的追逼手段的影响,失业下岗的影响等等。

地主的影响就不必细说了,我们受共产党教育多年,听过许多地主压榨农民的故事。中国历代的田租确实很高,常规是产量的百分之五十。如果佃户拖欠,政府也会动用专政工具帮助地主,因为田租中含着皇粮。我们已经看到李自成被枷在大街上暴晒,而"枷"是政府专用的刑具,枷的出现是官府介入的标志。在勾结官府失去约束的状态中,土豪劣绅是将全社会压向崇祯死弯谷底的一股重要力量。

天灾的影响也不可忽视。明末的大乱从陕西开始,这一点很有自然地理方面的道理。据说中国气候在明末进入了一个小冰河期,想必降雨区域普遍南移。从气象记载来看,就表现为陕西一带连续多年的大旱,动辄七八个月不下雨。在陕西那个靠天吃饭的地方,这意味着大面积的饥荒。明朝曾有人观察到一个现象:江南的米价从每石四五钱银子涨到每石一两五到二两银子的时候,路上就可以看到饿殍了。而在李自成造反前后,陕北的米价在每石六两到八两银子的超高价位徘徊不落,与此相应的就是饿殍遍地和大量的人相食的记载。更何况陕西不比江南,底子本来就很薄,哪里架得住这样连年的天灾。

到了这种关头，官府应该做的是救济和赈灾，绝不应该继续加税压榨。而崇祯所做的正是加税，而且催逼严厉。《明史·流贼列传》记载说：当时陕西所征的名目有新饷、间架、均输，名目恨不得每天都有增加，而且腐败的吏胥们因缘为奸，民大困。李自成在造反的第一个版本中挨县官的板子，戴枷示众，就很好地体现了官府火上浇油的作用。

按照明朝开国皇帝朱元璋的规定，各地遭灾，地方官一定要及时报告，隐瞒不报者死。如果情况紧急，地方官有权直接开仓放粮，事后补报户部批准备案。中央政府自然更有赈灾的责任。这是合乎儒家治国理论的正式规定，但不过是一纸规定而已。据《明史·流贼列传》记载，李自成造反的那一年，兵部郎中（近似国防部里的局长）李继贞曾经上奏崇祯，说延安一带饥荒，眼看老百姓都要当强盗了，他请求国库发放十万两银子赈济饥民。结果"帝不听"。皇上不听，你又能拿他怎么样？对明朝的皇帝来说，朱元璋是他们的祖宗，祖训的地位相当于如今的宪法，但皇上就是违宪了，谁又敢拿他怎么样？

话又说回来，各地的粮仓里也未必有多少粮，好多地方账面上有，实际已被那些冗官冗兵偷偷吃了黑了，或者换成糟朽了。李自成围困开封的时候，开封的粮仓就露出了这样的黑馅，结果开封大饥，一个人单身走路经常失踪，被人像偷鸡摸狗一样悄悄杀了吃掉。我国粮食部门的黑暗有上千年的悠久传统，难道崇祯就能找到根治的灵丹妙药？

李继贞申请赈灾的十万两银子并不是大数,大体相当于皇室三四个月的伙食费。再说,那几年仅仅加征辽饷这一项,陕西百姓就多掏了二十六万两银子。比起每年数以千万计的军饷来,比起即将发生的许多轰轰烈烈的大规模战役和高级将领的胜利或者自杀来,这些钱粮方面的小数字不过是一些没有多少人注意的零碎,但是就在这些零碎中,在人们无可奈何的官府腐败和官家冷漠中,崇祯死弯已经逼近了谷底。

我看到过一句崇祯元年农民造反前的动员口号:饿死也是死,当强盗也是死,坐等饿死,还不如当强盗死[①]! 这是非常现实的利害计算。当良民和当强盗的风险已经相当了,而当强盗活下去的希望却大得多,这就是崇祯死弯的谷底。

一般说来,赋税加重意味着皇上豢养的专政工具更加强大,老百姓造反的风险也应该随之加大。尽管从钱粮变成威慑的转化渠道腐败朽坏,严重渗漏,那一大笔钱粮总要变出一些军队和刀枪,明晃晃地逼到造反者面前,并且在心怀不满的百姓面前晃动,构成冷飕飕的威胁。可是,如果压榨过度,老百姓到了横竖也是一死的地步,风险就无法继续加大了,上述道理就失灵了。万一官府的镇压力量跟不上劲,或者外强中干,或者可以收买,让老百姓看出犯上作乱

---

① 《明季北略》卷五,中华书局,1984 年版。

倒是一条活路,这时候,崇祯死弯就见了底。在这块地方,造反有收益,当良民却没有。造反有风险,但良民同样有,说不定还更大。这就是崇祯死弯形成的微观基础。

更深广的背景

李自成造反并非偶然。他不过是一场在时间和空间上更为深广的政府与民间冲突的一部分。统治集团垄断了所有权力,压榨老百姓,这本来是没有办法的事情——老百姓一盘散沙,根本抵挡不住,这个社会迟早要沉落到崇祯死弯的谷底。而李自成不过是一波又一波的谷底中的一块硬石头,他既不是开始,也不是结束。

秦二世元年(公元前209年)七月,农民陈胜、吴广和九百戍卒到现在的北京一带服役,大雨路断,不能按期赶到,依法当斩。这二位商量如何是好,商量的内容就是如何对付政府,不同的对策有什么样的风险和前景。继续赶路无疑是自己送死,而逃亡与造反比起来,吴广认为二者的风险差不多,仍是一个死。陈胜说天下苦于秦朝的统治已经很久了,造反倒有可能成功。于是决定造反。通过这个我们已经熟悉的计算,可以断定陈胜、吴广正处于标准的崇祯死弯的谷底。而"天下苦秦久矣",则意味着全国人民的处境离崇祯死弯的谷底不远了,这确实是造反成功的绝好条件。后来陈胜、吴广对同伙做了一个动员报告,大讲众人的"谷底"处境。这大概是中国历史所记载的最早的造反动员报告。

动员报告说:大家遇雨,全都不能按期赶到了。误期就要砍头。就算不砍头,戍边的死亡率通常也有十之六七。壮士不死则已,死就要干大事出大名,"王侯将相宁有种乎!"①众人赞成这个结论,于是造反,天下大乱,秦朝由此灭亡。

这是公元前209年发生的事情,但这类事情在随后的两千多年中不断重复着。政府和百姓的这种致命的冲突,一直没有得到彻底的体制性的解决。我们的祖先竟好像记吃不记打一样,总在同一个问题上犯错误。

元朝至正十二年(1352年)三月,即陈胜、吴广造反的1560年之后和李自成造反的278年之前,明朝创始人朱元璋二十五岁,正在安徽凤阳的一座寺院里当和尚。和李自成一样,他也是因为家里太穷才出家当和尚的。当时元朝已经用沉重的徭役和赤裸裸的腐败逼出了红巾军,官兵和造反者杀来杀去,天下已乱,官兵经常捕杀良民冒充战功。这时候朱元璋开始计算凶吉。他想入伙造反,又怕风险大。留在寺院里,又迟早要给官军捆去请赏。正在计算不清的时候,同村的哥儿们汤和托人带给他一封信。信中说,他投奔了红巾军,已经当到千户(类似现在的团长)了,劝朱元璋

---

① 参见《史记》卷四十八《陈涉世家》,中华书局,1959年9月第一版。

也去入伙。朱元璋烧掉信,犹豫了好几天,同屋的师兄悄悄告诉他,前天那信有人知道了,要向官府告发①。

我们知道,这时候的朱元璋已经走投无路,接近崇祯死弯的谷底了。但是朱元璋办事很慎重,他拿不定主意,就回到村里和另外一个哥们商量。他的问题是:是在庙里等着人家抓呢,还是起来跟他们拼了②?那位哥们认为还是投红巾军好,但又不敢肯定,就劝他回去向菩萨讨一卦,听菩萨的。朱元璋回到寺院,发现寺院被烧光了,和尚们也跑光了。据说官军认为红巾军供奉弥勒佛,和尚也供奉弥勒佛,怕和尚给红巾军当间谍,就挨着班烧寺院。这天正好烧了朱元璋的安身之处,他没了吃饭的地方。谷底到了。

朱元璋还是讨了一卦。结果,留下是凶,逃走也是凶。和吴广当年分析的结果一样,风险相同。投红巾军呢?答案是吉。于是,这位即将埋葬元朝的人上路了,投奔红巾军去了。

还不到三百年,世道又转了一个圈,轮到朱元璋的子孙面对当年明太祖一流的人物了。

明末陕西农民造反的第一人是白水王二,时间是天启六年(1627年),比朱元璋晚275年,比李自成早3年。

---

① 参见吴晗:《朱元璋传》,人民出版社,1985年10月第一版,页47。
② 皇陵碑上这几句话的原文是:"当此之际,逼迫而无已,试与知者相商。乃告之曰:果束手以待罪,亦奋臂而相戕?"转引自吴晗《朱元璋传》,人民出版社,1985年10月第1版,页48。

那年三月,澄城知县张斗耀在大旱之年仍然催征不已,而且手段残酷,老百姓受不住了。有个叫王二的人,在山上纠集了数百人,都用墨涂黑了脸。王二高叫道:"谁敢杀张知县?"众人齐声回答:"我敢!"当时的口语与现在非常接近,这敢不敢的问答是史书记录的原话,并不是我的翻译。问答之后,这伙黑面人下山,拥入县城,守门者吓得躲在一旁。众人径直闯入县政府大院,而此时的张知县正在"坐堂比粮"——按照条文规定,坐在大堂上用刑,催逼百姓完粮纳税。黑面人各持兵器拥上公堂,张知县逃到自己在县政府大院后面的住宅里,乱民直入私宅,将张知县乱刀砍死。然后,王二等人退聚山中①。明末陕西农民起义从此开幕。

在我看来,张知县死得颇为冤枉。他怎么会死呢?按照官方理论的说法,这类恶性事件根本就不可能发生。官府和百姓是一家人,他们的关系就好像父母和子女的关系,没有根本的利害冲突。朱元璋来自贫苦大众,本人就是崇祯死弯的谷底中的一块有名的石头,很明白政府和人民的亲情是怎么回事,也很注意强调他们一家人的关系。我们知道他有赈灾方面的漂亮规定,那就是亲情的证明。按照那些漂亮的规定,坐在大堂上的张知县应该正在放粮而不是催粮。下边应该有颂声一片,怎么竟冒出一群黑脸的持刀大汉呢?谁都明白,开仓放粮是一件很得人心的事情,甚

---

① 参见《烈皇小识》卷一,《颂天胪笔》卷 21。转引自柳义南《李自成纪年附考》,中华书局,1983 年版,页 22。

至是很有油水的事情,更何况放粮又不是放他张家的粮。难道张斗耀这家伙有毛病,不喜欢用别人的钱给自己买好,偏偏要冒险得罪人,替别人讨债么?或者他别有苦衷?

据给事中李清记载,崇祯刚即位,便严于征收钱粮,并且做了一些具体严格的规定。譬如知府不完成赋税不能升迁,知县等官员不完成赋税任务干脆就不能参加升迁前的考选。这是用胡萝卜勾引毛驴前进的政策。同时还有大棒驱赶的政策。完不成钱粮任务要降级,还要扣罚俸禄。这可不是虚张声势,松江府和苏州府的钱粮任务重,竟有扣罚俸禄数十次,降十级八级的情况。而且参与考成的完粮纳税指标不仅是正额辽饷,后来又加上了许多杂七杂八的项目。其内容之庞杂,连户部(财政部)的局长们都搞不清楚了,只能依靠具体登记办事的书手处理①。

如此说来,县官催比钱粮,根本就是中央政府和皇上逼的。工资和乌纱帽毕竟在人家手里,而不在老百姓手里。在这种情况下,知县们如何是好呢?

目前我知道的至少有三种办法。第一个办法,也是最老实或者叫最笨的办法,就是拿百姓开刀。张知县是在崇祯即位前一年被杀的,我们不好把导致张知县死亡的责任扣到崇祯头上,但崇祯实行的政策更加严厉,手段也更多,

---

① (明)李清:《三垣笔记·附识上》。给事中的职位,近似如今总统办公室中负责监察工作的秘书,职位不高,但有权驳回中央各部甚至皇帝本人的不合成法的决定。

县官和百姓身上的压力更大。给事中李清有一次路过鲁西北的恩县(今山东平原县一带),亲眼看到县令催比钱粮,将老百姓打得"血流盈阶"。他说,这里本来就是穷地方,钱粮任务难以完成,但是正饷杂项无一不考成,通过了考成才有升任科道美缺的希望,于是无人不催科①。中央政府设置的赏罚格局如此,张知县们面对的就是一个简单问题:你自己的前程和工资重要,还是某个欠税农民的屁股重要?

当然也有取巧的办法。既然财政部的司局长们都搞不清楚那些苛捐杂税的名目,便很有可能蒙混过关。明朝有一句描绘官场潜规则的行话,叫做"未去朝天子,先来谒书手"。天子本来是最大的,当然要朝拜,而且应该排在第一位。但书手是负责登记造账的,在没有完成钱粮任务的情况下,可以向书手行贿,让他们在帐目上做手脚,"挪前推后,指未完作已完"。反正皇上和那些局长也搞不清楚。在这个意义上,书手比天子更能影响地方官的命运,自然要排在皇上前边。

顾山贞的《客滇述》还写过一个知县完成钱粮任务的高招:崇祯派廖大亨当四川巡抚的时候,彭县的欠税很多,当地的知县就想了一个办法,以这些欠账作为衙役的工资,让衙役们自己去要。这显然是一个调动广大衙役追讨欠款积极性的好办法。崇祯十三年除夕前,衙役们大举追索,闹得

---

① 参见(明)李清著《三垣笔记上·崇祯》,中华书局,1997年12月版。

民间怨声载道。

没想到衙役们的积极性一高,老百姓被逼到崇祯死弯的谷底了。进入正月,彭县"豪民"王纲、仁纪敲着锣召集群众,发出"除衙蠹"的倡议,众人热烈响应,将衙役们的家全部捣毁。四川的各州各县闻风而起,将彭县的"除衙蠹"运动扩充为"除五蠹"运动。其中既包括了州县的吏胥衙役,还包括了府蠹——依仗王府势力横行霸道者,豪蠹——民间恃强凌弱者,宦蠹——缙绅地主家的豪奴恶仆,学蠹——包揽词讼生事害人的秀才。在这场群众运动中,"五蠹"中被活活打死的,被扔到锅里炖烂的,被推入土窖活埋的,"不可胜记"。

这场运动在新繁、彭山等县蔓延,省会成都的城门前也聚集了众多的百姓,"呼噪城下"。官方多方抚慰,而老百姓似乎非要讨个什么说法,不肯听政府的话。于是政府派出正规军镇压,这才恢复了安定的局面。此事的最后处理结果,是以激起民变的罪名将四川巡抚廖大亨撤职,发配边疆。

我不清楚廖大亨为人如何,但就事论事,他也怪倒霉的,完全给皇上当了替罪羊。民变的直接起因是追讨欠税,而这一条原因与崇祯的政策有关,廖大亨最多不过是执行者之一。在执行的过程中,衙蠹想必还有许多敲诈勒索多吃多拿的腐败行为,但这只能算依附性的。再说衙门中的腐败乃是明朝二百多年深厚积累的成果,廖大亨何许人,能有清除百年腐败的本事？

有意思的是，群众运动中打出了"除五蠹"旗号，这分明是反贪官不反皇帝的表白。我们的先人只要求除去旗杆上的蠹虫，并不想砍倒龙旗。衙门还是好的，但里边的蠹虫很坏。如此主张是出于自卫策略的考虑呢，还是我们祖先的真实想法呢？我认为这是他们的真实想法，因为我们在别处并没有看到什么高见。李自成似乎走得最远，他反皇帝，但他的目标是自己当皇帝，然后再像朱元璋那样制订出许多漂亮的规定，再渐渐变成具文，过二三百年再重复闹那么一场。这算不得高见。我这么说并没有责备古人的意思。

通向谷底的路途

要把一个繁荣的社会压榨到崇祯死弯的谷底，也是一项浩大的工程，需要有步骤分阶段进行。我想用田地价格的走向作为这项工程进度的浮标。

我们知道，田地负担越重，苛捐杂税越多，田地就越不值钱。这就像开饭馆一样，除了交纳各项税费之外，三天两头来几个穿官服的横吃横喝，吃完一抹嘴走了，你还得陪笑脸，不然就给你撕一张罚款单，这样的饭馆很难赚钱，自然卖不出好价钱。这就是说，皇上的好坏，贪官污吏的多少，对土地价格影响甚大。土地价格可以近似地看作政府对百姓压榨程度的浮标。压榨越狠，价格越低。

元末明初天下大乱，人口锐减，地广人稀，田地的价格很便宜，不过一二两银子一亩。折成当时的粮价，大约值三四百公斤大米，相当于现在的人民币六百元左右。明朝中期，天下承平日久，人口增加，赋税也不太重，田地的价格达到高峰，每亩能卖到五十两到一百两银子。折成当时的粮价，大约值一两万公斤大米，相当于现在的人民币三万元左右。后来，富于理想的好皇上弘治死了，他的顽童儿子正德皇上即位，赋税繁重，土地价格开始一路走低。据说，在正德和嘉靖之世，人们一度以田为大累赘，有拱手送人而人不肯要的①。当然这不是常规，南方土地每亩一般还可以卖十两八两银子，但是政治状况对地价的影响已经很显然了。

嘉靖是在顽童正德之后即位的皇帝。明朝著名清官海瑞以敢骂皇帝著称，他骂嘉靖帝，说嘉靖嘉靖，就是家家皆净。与此相近，崇祯即位后老百姓中也传开了一句话，把崇祯称为重征。重征能征到什么程度呢？据顾炎武在《天下郡国利病书·福建三》中记载："民田一亩值银十八两者，纳饷至十两。"

我没有替崇祯辩护的意思，但我得老实承认，这个数字实在太离谱了，我的第一感觉就是不可能。当时福建的粮食亩产最多三石（不到三百公斤），正常年景不过卖一两银子。这可是白花花的银子，不是想印多少就印多少的票子。

---

① 参见黄冕堂：《明史管见》，齐鲁书社，1985年3月第1版。

就算福建的粮价涨疯了,三石大米也不过卖六两银子,怎么可能收十两的饷?后来,我看到明朝刑科给事中孙承泽的一份奏疏,他向皇上描述了地方"私派"的问题。设身处地进入他所描绘的地方,我就得承认顾炎武说的十两并非不可能。孙承泽这样描绘地方官吏的处境:

> 忽然就下来了个发文,要取几千石豆和大米,几千束草,若干头健骡,若干条口袋,若干口铜锅,若干匹战马,送到某某部队驻地交纳——州县没有办法,就先借用正饷送上去。可是摊派到村子里的,那就比比皆是了。所以,私派比正赋要多。①

私派比正赋多,暗的比明的多,这才是要害。由此我也再一次长了教训,就是我恶习不改,经常对统治者存有幻想。说到这里,我干脆就一并承认了吧:尽管我自称没有替皇上辩护的意思,但我内心深处潜伏着对崇祯的同情。这位年轻人当了十七年皇上,满心焦虑,天天熬夜,不近女色,没完没了地批阅文件,处理他难以胜任、恐怕也没人能够胜任的天下特大号难题,动不动还要下一道罪己诏作自我批评。十七年如一日,简直就没有过上一天好日子。换了我当皇上,被那许多诱惑包围着,我能像他那样严格要求自己吗?说话要凭良心,皇上可不是坏人,我愿意相信皇上,也愿意相信中央政府的种种明文规定。可是,我这样是要犯

---

① 参见(明)孙承泽《春明梦余录》卷三十六,北京古籍出版社,1992年版。

错误的。理解中国历史和国情的关键,恰恰在于搞清楚隐蔽在漂亮文章下边的实际利害格局。没有这种格局的保障,那些规定不过表达了政府的善良愿望或者骗人唬人的企图。

我们还是接着说税收摊派和土地价格。公派私派和明税暗税征到十两银子的份上,地还能要么?按照顾炎武的说法,这时候人们的反应是:"往往相率欲弃田逃走。"这就意味着,在到达崇祯死弯的谷底之前,我们可以看到一个现象,那就是大面积的土地抛荒和流民的出现。流民是土匪或造反队伍的后备军,他们的出现又可以更多地制造荒地和流民,进一步压低田价。据钱泳《履园丛话》记载,崇祯末年,盗贼四起,年谷屡荒,人们都以无田为幸运,每亩田价不过一二两银子。田的成色稍差,也有白送没人要的①。如果一个饭馆白送也没人要了,或者便宜得一塌糊涂,我们当然可以推测,这时候不会再有人开饭馆了,饭馆的厨师和服务员也要大规模失业了。事实上这正是明末农民的处境。我们可以看到大量户口(纳税单位)"逃亡过半",流民遍天

---

① 这并不是天方夜谭。1999年春,我到安徽农村调查,发现那里就有白送土地给人耕种而无人接受的现象。当地每亩土地分摊各项税费将近二百元,扣除种子肥料等项成本后,种地只能挣出来低廉的工钱。只要有机会干两个月的临时工,就没有种地的道理。当地抛荒的顺序,也是先从差地没人要开始。还有一点也是有启发性的:按照中央政府三令五申的规定,农民负担不能超过收入的百分之五。而那里每亩土地的负担竟在"减负办(减轻农民负担办公室)"的眼皮下达到了百分之二三十。这也进一步证明,每亩赋税十两银子,并不是顾炎武在胡说八道。尽管这等数目在名义上是不存在的。

下的记载。

人逃走了,地也荒了,官吏和军队的数目却越来越大,他们总要穿衣吃饭。这就要求我们的父母官更加严厉地催逼那些尚未逃走的农民,把他们也逼跑。明人杨士聪在《玉堂荟记》卷四里痛骂杨嗣昌,说他服毒自杀活该,不死也要建议砍了他的脑袋,砍了脑袋仍然死有余辜。如此痛骂就是因为杨嗣昌建议加派。他加派的兵饷,只能加于尚未造反的地方,湖广、河南、陕西、四川这些已乱的地方根本就没法加。而未乱的地方,"一日未乱,则加派一日未已。"最后闹到天下全乱,无处加派拉倒。杨士聪描述的大体是一个恶性循环,是崇祯死弯最后阶段的加速下跌。

以上说的都是农村和农业,没有涉及工商业。实际上,工商业的财富更集中,敲诈勒索起来也比较省事,而官场与乡绅联系密切,与工商业的联系却弱得多,敲诈起来的内部阻力也小得多。所以,在农村发生危机的时候,工商业的失业大军也出现了。据统计,在山东临清,七十三家布店中的四十五家,三十三家绸缎店中的二十一家,都于17世纪初被迫倒闭关门。北京门头沟的矿工曾在1603年进城示威。苏州、松江、杭州、北京和所有重要的手工业中心,几乎每年都出现市民暴动[①]。工商业对税率和腐败的反应比农业敏锐得多,农民以肚子的忍耐程度为底线,工商业没了利润便

---

① 〔法〕谢和耐:《中国社会史》,江苏人民出版社,1997年版,页370。

要破产。工商业的崩溃导致农产品市场萎缩,又会加剧农村的危机。这方面的内容讲起来另是一大篇文章,在此暂且从略。

在崇祯死弯的下坡路上,明朝的官军又狠狠地踹了社会一脚。

明朝的郧阳巡按高斗枢在《守郧纪略》中记载了明末的情景和官军的表现。他说,崇祯十四年(1641年)六月,他奉命驻守郧阳。七月初,他从长沙动身,水路到达荆州,路经襄阳,八月初六进入郧阳。一路数百里的农田里都长满了蓬蒿,村落破败,没有人烟。惟有靠近城市的一些田地,还有城里人耕种糊口。

他说,在他抵达郧阳前的十几天,左良玉率领的官军路过此地,二三万官兵一涌入城,城中没有一家没有兵的。"淫污之状不可言"。住了几天大军开拔,又将城里所有人家清洗一空,十多天后他到了,竟然找不到米和菜。士绅和百姓见到他,无不痛哭流涕,不恨贼而恨兵。

高斗枢不愿细说官军的"淫污之状",但我们可以在别处找到补充材料。李清在《三垣笔记·下·弘光》中说:

> 左良玉的兵一半要算群盗,甚是淫污狠毒。每入百姓家勒索,用木板将人夹住,小火烧之,胖人有的能流一地油。他们抢掠来妇女,公然在大街上奸污。将她们拉到船上抢走时,有人望着岸上的父亲或丈夫哭泣,立刻被这些兵砍下脑袋来。

公平地说,左良玉的部队在明朝官军中并不是最坏的。他们烧杀抢掠,但是好歹还能打仗,这总比那些见到百姓如狼似虎,见到清兵和土匪便抱头鼠窜的家伙管点用。另外,官军抢劫百姓,明朝官府要负多一半的责任。尽管官府的税费一征再征,仍然严重拖欠军饷。士兵们被迫卖命打仗,却又缺粮断饷,抢劫起来自然理直气壮,军官们也就不敢真管——已经有许多把官兵逼反的先例。在这个意义上,官军的抢劫等于一次刮地三尺的极其凶残的高额征税,过度和违法之处,则相当于政府摊派和收税时免不了的"腐败税",当时的正式称呼叫"陋规",或者叫"常例",反正都是那些按规矩必定落入贪官污吏腰包的黑钱。

明朝的官军数以百万计,这是横行天下的百万豺狼饿虎,在计算崇祯死弯及其谷底的时候无法忽略。

李自成可以抬高谷底

与官军的表现相反,李自成的军纪越来越好。高斗枢在《守郧纪略》中说:早先,张献忠和李自成每攻陷一城,就要大肆抢掠一场。到壬午(1642)夏秋,李自成和罗汝才每得一城,则改为派"贼"防守,并且严禁抢掠,以笼络民心。

进士出身、时为太子扈从、明亡殉节的马世奇,还向皇上汇报了一件意味深长的事,他说"贼"知道百姓恨什么,专门打出了"剿兵安民"的旗号,结果百姓望风投降。而"贼"

进一步发放钱粮赈饥,结果老百姓把"贼"当成了归宿①。形势发展到这个份上,剿匪已经没有"剿兵"的旗号吸引人了,漂亮话的作用也就到头了。——漂亮话本来对安抚人心大有作用:同样是饿肚子,心里以为饿得对,饿得公道,就可能缩在家里等死;心里以为不公道,就很可能骂一声娘,拎着大棒子出门。

皇上听说了"剿兵"之类的事,会有什么感想呢?李清记载了崇祯和蒋德璟等内阁大学士的一段对话。

皇上听说百姓多跟着李自成跑,叹息了很久,然后说:我以前当面对河南的督抚说过,叫他们选好将领,选好官员。有了好将领,自然兵有纪律,不敢扰民。有了好官员,自然安抚百姓。百姓视之如父母,谁还肯跟着贼跑?这是固结人心,是比剿贼还要靠前的事②。

在明朝的干部选拔机制中,崇祯想要的"巧媳妇"究竟能不能选到,选到后如何做出无米之炊,已经是另外的问题了。我在这里想说的还是崇祯死弯,而李自成等人的出现,对崇祯死弯的谷底的高度有重大的影响。

没有李自成,谷底会比较深,非等到"反正也是一死"的时候才算到了底。有了李自成之类的强大反对势力,人们利害计算的结果顿时改变,崇祯死弯的谷底就要抬高了。李自成的力量正在发展壮大,不那么容易被消灭,反过来倒

---

① (清)计六奇:《明季北略》卷十九。
② (明)李清:《三垣笔记·附识上》。

有得天下的可能,这时候入伙的风险就降低了,甚至比当流民的风险还要低了。而自己当官坐天下的利益似乎也可以列入人生预算了。此外,李自成等辈将大批官军吸引过去,闹得全国各地兵力空虚,无论是造反起义还是当土匪抢东西,风险都大幅度降低了。到了这种时刻,当然不必等到快饿死的时候再造反。这已经不是生死之间的选择,而是怎样更有利的选择,是比生死底线高出一大截的选择。

对于一无所有,吃了上顿没下顿的流民来说,答案是很明白的。对于躲在城里的良民来说,跟谁走的利弊恐怕还要算算清楚。这时候,李自成散布的歌谣给出了一个粗直的答案。歌曰:"吃他娘,穿他娘,开了大门迎闯王,闯王来时不纳粮!"

对于那些饥寒交迫的人们来说,对于那些即将被苛捐杂税和贪官污吏逼得倾家荡产的人们来说,痛痛快快地吃他娘几顿饱的,穿他娘一身暖的,不再给狗日的纳粮了,这是多么美好的世界啊!

结　　局

崇祯十七年(1644)三月十二日,李自成大军逼近北京西北三百余里的军事重镇宣府(今河北宣化),巡抚朱之冯开会,号召誓死守城。而城中哄传李自成免徭役、不杀人,全城喜气洋洋,张灯结彩,点上香准备迎接。镇守太监杜勋打算带人去三十里外欢迎李自成。朱之冯痛斥这位皇上的特派员没良心,杜太监嘻嘻一笑,兀自领着人走了。李自成的队伍到了,朱之冯无可奈何,亲自登上城楼,向左右下令发炮,左右默然,谁都不动。朱之冯亲自点火放炮,又被左右拉住。细看时,大炮的线孔已经被铁钉钉死。朱之冯叹道:没想到人心至此。然后仰天大哭,给崇祯写了封遗书,劝皇上收拾人心。随后上吊自杀①。

　　五天后,三月十七日,李自成大军抵达北京,发炮攻城。十八日,崇祯在炮声中发出罪己诏,宣布取消所有加派的新饷旧饷。当晚,北京城破。十九日凌晨,崇祯自缢于皇宫后的景山脚下,时年三十三岁。

---

① 《明通鉴》卷九十,上海古籍出版社,1990年10月第一版。

有关潜规则的定义

《潜规则:中国历史中的真实游戏》第一版出版后,有几个朋友向我追问潜规则的定义,我一直推说书里有。《潜规则》一书中确实有两处类似定义的段落,尽管有点糊弄事。当然糊弄事也未必不好,"潜规则"本来就是对一种大家并不陌生的社会现象的提示,这个词可以唤醒各种各样的个人知识,启发有心人继续探索,给出定义反倒有僵化之虞。定义不过是一块垫脚石,彼岸莽莽社会丛林中的真实生态,才是真正要紧的关注对象。

不过,想通了这一点,给出定义又无妨了。下边是我想到的垫脚石:

1. 潜规则是人们私下认可的行为约束;

2. 这种行为约束,依据当事各方的造福或损害能力,在社会行为主体的互动中自发生成,可以使互动各方的冲突减少,交易成本降低;

3. 所谓约束,就是行为越界必将招致报复,对这种利害后果的共识，强化了互动各方对彼此行为的预期的稳定性；

4. 这种在实际上得到遵从的规矩，背离了正义观念或正式制度的规定，侵犯了主流意识形态或正式制度所维护的利益，因此不得不以隐蔽的形式存在，当事人对隐蔽形式本身也有明确的认可；

5. 通过这种隐蔽，当事人将正式规则的代表屏蔽于局部互动之外，或者，将代表拉入私下交易之中，凭借这种私下的规则替换，获取正式规则所不能提供的利益。

我想再强调一句。在潜规则的生成过程中，当事人实际并不是两方，而是三方：交易双方再加上更高层次的正式制度代表。双方进行私下交易的时候确实是两个主体，但是，当他们隐蔽这种交易的时候，就变成以正式制度为对手的一个联盟。隐蔽本身就是一种策略，这种策略的存在，反映了更高层次的正式制度代表的存在。

杂 编

  李零说孔子是丧家狗,孔子自己也认账,我觉得也是这样。关键是看孔子在历史上干了什么。他,还有后来的孟子,一直在游说各个暴力集团的首领。孔孟去跟这样的人对话,对话的核心是,你们要仁,要有同情心。你说他的命运会怎么样?

  孔子是最倒霉的人吗?是最可怜的人吗?孔子想干的事一件也没干成。孔子是最反对用暴力的,整个儒家都有这个意思,要仁,要有同情心;当然我也充分尊重你的权利,你打天下也不容易,我们也尊重。在前一个意义上,孔子一生不得志,他的后代也没怎么得志。但是孔子充分尊重了大人的利益,主张君君臣臣父父子子,因此又被人家抬到大成至圣文宣王的位置上。他的折中,使得双方都得了好处,从这个角度来说,他又是最走运的人。

笑话天道

在代表天道的问题上,曾有"民"从中插过一杠子,企图削弱皇上的代理权,惹得皇上很不高兴。这个拿民惹怒了皇上的代表,就是儒家的亚圣孟老先生。

朱元璋当了三年皇上,脾气渐渐大了。皇上"审查"孟子的著作,发现其中有许多对君主不够尊重的地方,大发脾气,对人说:"这老儿要是活到今天,非严办不可!"

1

我在一个搞收藏的朋友家里,见过明朝正德年间(1506—1521年)的圣旨真品。一卷明黄色的丝织物,平滑精美厚实,上面写着极漂亮的楷书。劈头第一句话就是:"奉天承运 皇帝制曰"。那下面的文字,当然都是传达天意了。

"奉天承运"这个意思,在圣旨出宫的仪式中得到戏剧性的体现。明朝的制度规定,颁布诏书时,要将诏书装在盒子里,用绳子吊着,从承天门上缓缓放下去,就好像圣旨从天而降,下边则有人跪接。明朝的历史学家余继登在《典故纪闻》卷十四里还讲了一个故事,说成化四年(1468年)秋天,负责办这件事的人不认真,降旨的时候绳子断了,装着诏书的盒子摔坏了,于是有御史参劾,要求将此人治罪,皇上竟饶了他。当时的人们都感叹皇上宽大。

我猜想,既然有这种仪式,承天门上一定还会有某种往下放绳子的沟槽,而且位置一定在承天门的正中央。承天门就是今天的天安门,名字是清朝建立后改的,但模样并没有改。如今天安门却作了很多修整,更高了也更大了,正中央早已改换成了扶手,沟槽肯定是寻不着了。

奉天承运,粗略地意译为现代用语,大概就是遵循历史规律、完成历史使命的意思。这么翻译显然有点勉强,"奉天"所奉的天道,乃是天地万物和人类社会共同遵行的规律,不仅仅是人类社会发展的历史规律。但是现代人不像古人那样讲"天人合一",除了"历史规律"之外,我在现代观念体系中找不到结构上同位、功能上近似的更恰当的概念,只得如此硬译一句。与历史规律运行一样,天道运行也是有阶段性的,国运昌或国运衰,三阶段或五阶段,这阶段那阶段等等,运行的每个阶段上都有要承当的特定历史任务,这是命中注定,早已由圣贤算好,等闲人更改不得的。

"奉天承运"这四个字是明朝的开国皇帝朱元璋亲自改

定的。吴晗先生在《朱元璋传》里说，在元朝，诏书开头的套语是蒙古语的音译："长生天气力里，大福荫护助里"，文言译作"上天眷命"。朱元璋以为这口气不够谦卑，改为"奉天承运"。

仔细品一品，朱元璋这话确实谦卑了许多。"上天眷命"，很容易给人自作多情的感觉——天凭什么单单眷恋你？而朱元璋就不自作多情，他遵奉天道，代理天道，体现天道，如此恭敬行事，天还会找别的什么人当代表么？

"代理天道"云云，并非我凭空瞎说，朱元璋的自我感觉正是如此。在废除宰相制度之后，朱元璋感觉忙不过来，便指示秘书班子帮助他严格把关，朱元璋指示的第一句就是："朕代天理物"。朱元璋死后，他的后代给他上的尊谥长达二十一个字，开头两个词便是"开天行道"。此后的明朝皇帝，除了半截被人夺了权的建文帝、景帝和崇祯帝之外，每位名字之前的十七个字的尊谥里，最前边的两个词必定是谈天说道的。譬如定陵地下宫殿埋的那位很贪财的万历皇帝，其尊谥就是"范天合道哲肃敦简光文章武安仁止孝显皇帝"，十七个字，前两个词就赞扬他合乎天道的规范。

总而言之，皇上是真命天子，他的一言一行都代表了天道。天道是神圣至尊的东西，一个人代表了天道，他的神圣至尊自然也就毫无疑问了。

2

正德皇上朱厚照,就是我在朋友家看到的那卷圣旨的发出者,闹出过许多笑话。

明朝正德十四年(1519年),正德皇上南巡到了扬州,兵部左侍郎(国防部副部长)王宪,抄发了皇上的一个命令通告天下。通告说,养猪杀猪本是寻常事,但是今年正是我的本命年,而且猪与朱姓同音,再说吃猪肉也容易长疮生病,很不妥当。因此通告各地,不许喂养猪、买卖猪和屠宰猪。如果故意违抗,本犯及一家老小,发配最远的边疆充军,永远不许回来。

命令一下,各地的老百姓纷纷杀猪,肉多了一时吃不了,便纷纷腌制贮存起来。这条命令显然执行得不错,到了第二年春天,孔庙的祭祀典礼要用猪的时候,果然找不出一只猪,只好以羊代替。

这则逸事见于明朝人沈德符写的《万历野获编》卷一。为了追根溯源,沈德符同时讲了两个这样的故事。另外一个故事是关于杀狗的。

宋徽宗崇宁年间(1102—1106年),谏官范致虚向皇帝提了一条建议,说陛下生肖属犬,人间不宜杀犬。宋徽宗接受了这个建议,严令禁止屠狗。沈德符说,这已经成了古今最可笑的事情之一,没想到本朝又出现了。

我想,如果不提皇上代表天道的说法,可笑的不过是二位皇上。如果联系到天道,可笑的就是天道或者"皇上代表天道"这种说法了。皇上代表天道的说法恐怕属于特大号的胡说八道。如果不这样解释,我们就只好承认,天道在二位圣上当政的时候变成了猪道或者狗道,这未免又有亵渎天道之嫌。当天道的解释权和代表权固定在某个具体的人的身上的时候,天道的笑话是经常发生的。三五百年的时间抵挡不住我们深厚悠久的传统。

明末张献忠造反,在四川建立大西政权,年号大顺。我不知道应该如何形容这位也宣称顺应天道的造反者。用"杀人如麻"这四个字形容张献忠,显然力度不够。张献忠创造了许多杀人的名堂,譬如派遣将军们四面出击,"分屠各州县",名曰"草杀"。上朝的时候,百官在下边跪着,他招呼数十只狗下殿,狗闻谁就把谁拉出去斩了,这叫"天杀"。他想杀读书人,就宣布开科取士,将数千四川学子骗来杀光。

我读到《明史》和《明史纪事本末》上的这些描写的时候,曾经怀疑写史的人蓄意污蔑农民起义的领袖。这也是我们接受的历史教育提醒我们警惕的东西。后来,偶然看到一些四川县志上的户口记载,得到佐证,才不得不怀疑我自己的怀疑了。民国《温江县志》卷一上说,温江县由于张献忠的屠剿,"人类几灭"。张献忠死去十三年后(1659年)清查户口,全县仅存三十二户,男三十一丁,女二十三口,

"榛榛莽莽,如天地初辟。"民国《简阳县志》卷十九:"简州赋役,原额人丁八千四百九十五丁,明末兵荒为厉,概成旷野,仅存土著十四户。"这些都是政府为征税而做的统计,后边有实际利益督着,数字有误差也不至于差得太远①。

张献忠凭什么理由进行这等规模的大屠杀呢?张献忠在成都立过一块七杀碑,上边刻着他的理由:

天生万物以养人,

人无一德以报天,

杀杀杀杀杀杀杀!

原来,大屠杀也是以天道为根据的,而且仔细想想,张献忠的推理并未违反逻辑。天道居然可以被合乎逻辑地打扮成这副凶相,不能不叫人刮目相看。

3

在代表天道的问题上,曾有"民"从中插过一杠子,企图削弱皇上的代理权,惹得皇上很不高兴。这个"民"惹怒了皇上的代表,就是儒家的亚圣孟老先生。

洪武三年(1370年),朱元璋当了三年皇上,脾气渐渐大了。皇上"审查"孟子的著作,发现其中有许多对君主不够尊重的地方,大发脾气,对人说:"这老儿要是活到今天,

---

① 转引自鲁子健:《清代四川财政史料》上册,页10。

非严办不可!"遂下令撤去孔庙中孟子配享的牌位,将孟子逐出孔庙。后来有人替孟子求情,说他讲的道理基本上还是对皇帝有好处的,才恩准孟子回到孔庙①。

洪武二十七年,朱元璋特命老儒刘三吾编孟子节文,删掉了《孟子》中八十五条皇上不喜欢的内容。下边我摘录一些被删除的内容,看看究竟什么东西惹怒了皇上。

1. "民为贵,社稷次之,君为轻。"(尽心篇)孟子说民比皇上贵重,皇上不高兴是可以理解的。

2. "左右皆曰贤,未可也;诸大夫皆曰贤,未可也;国人皆曰贤,然后察之,见贤焉,然后用之。左右皆曰不可,勿听;诸大夫皆曰不可,勿听;国人皆曰不可,然后察之,见不可焉,然后去之。左右皆曰可杀,勿听;诸大夫皆曰可杀,勿听;国人皆曰可杀,然后察之,见可杀焉,然后杀之。故曰,国人杀之也。如此,然后可以为民父母。"(梁惠王篇)孟子在这里把皇上用人和杀人的权力削弱了,需要获得大夫和国人的认可,朱元璋显然有理由不赞成。

3. "桀、纣之失天下也,失其民也。失其民者,失其心也。"(离娄篇)孟子这话的意思也很可疑:究竟这天下是天给的,还是民给的?正确的说法,应该是天子代天理民——代表历史规律领导人民前进。

---

① 转引自吴晗:《朱元璋传》,人民出版社,1985年10月版,页188。

4."天视自我民视,天听自我民听。"(万章篇)孟子竟然把天的耳目安装到民的身上,如此说,真命天子的耳目又该往哪里摆?

5."君之视臣如土芥,则臣视君如寇仇。"(离娄篇)这分明是宣扬造反有理了。

总之,我看朱元璋与孟子的核心分歧,就是领导与群众的关系问题。至于天道究竟是什么,应该由谁来代表,无非是这个问题的哲学性表述。

孟子并不是民主主义者,那不是中国圣贤的发明。但孟子很明白"无君子莫治野人,无野人莫养君子"的道理,很清楚"劳心者治人,劳力者治于人"是"天下之通义"(滕文公篇)。孟子无非是想强调一下,治野人也不能乱治,不能任性胡来,要守一定的规矩,不然就有翻船的危险。奈何皇上"无法无天"惯了,不喜欢"规矩"之类的东西。

4

朱元璋粉碎孟子进攻数年之后,撒手西归,他的儿子朱棣又在天道与民心的问题上犯了一回糊涂。当时朱元璋的孙子建文帝即位,开始削藩,燕王朱棣感觉到了威胁。道衍和尚姚广孝密劝朱棣举兵造反,和尚与未来的真命天子之间有一番对话。

朱棣问:民心向彼,奈何?

和尚曰：臣知天道，何论民心？

姚广孝后来推荐了两个算卦的见朱棣。如此这般地推演一番，闹明白了天意赞许的东西，于是朱棣下了反叛的决心。推翻了自己的侄子建文帝，自己当了皇帝[1]。

由此可见，真命天子一时急糊涂了，竟忘了天道与民心并不是一回事。有了天道，民心大可不论。而天道是可以卜筮的，从夏、商、周三代起，就有了一套凭借卜筮手段领会和理解天道的办法。请注意，这里凭借的是卜筮，而不是民意调查。这是一套遇事查书本找指示的神秘方法。如果皇上本人就是这套书本和指示的作者，竟连卜筮和查找都不必用，开口出来的自然是天音，表达的自然是天意。

说了这么多，我努力想证明的其实就两句话：第一，天道可以有许多不同的叫法，譬如天命、天意或者历史规律，但在深层结构上这两者是一回事。第二，天道或者历史规律与民心或者人民利益完全可能出现冲突，这时必定要遭遇究竟谁服从谁的问题，皇上们的固定看法是人民服从天道，因为他本人就是天道的代表。

5

无论如何，天道毕竟不会自己说话，一定要有个什么代

---

[1] 《明史》卷一百四十五，姚广孝列传，中华书局，1974年4月第一版。

表。既然皇上和起义领袖都未必称职,天道的代表权到底应该归谁呢?

在这个问题上,西方人也有过争论。他们的问题是谁能代表"上帝"。天主教宣称教会代表了上帝,准确点说,是垄断了人类与上帝沟通的渠道。凭借这种垄断,那些组织严密的人类先进分子就干出了许多贪污受贿的事情,把他们的追随者激怒了,结果就产生了直接与上帝交流的观点,说上帝就在平民百姓的心里,每个人都可以直接面对上帝,用不着那些出卖灵魂的家伙当代理。这就是新教从天主教分裂出来的历史故事。

后来,在政治领域发生的事情我们都知道了,议会诞生了,各色人等都在议会中得到代表,替他们立法。这个代表们搅在一起立出来的法,作为各方利益合纵连横出来的结果,大概就好比试验室中模拟出来的天道了。当然,谁也不敢保证模拟得丝毫不差,可是现在似乎还没有发明比这种模拟更高明的寻求天道的办法。我们可以拿这种办法与皇帝代表天道的信念比较一下优劣。像正德皇上那样的人,满肚子山珍海味,满脑袋歌儿舞女,让那些雄性激素和别的什么激素模拟工农商学兵和各族同胞,难道真能搅出一个天道来,而且比议会里搅出的东西更高明?这真是奇怪之极的幻想。

皇上可以代表天道的高论,在清末民初就有很多人不信了。但是问题并没有彻底解决。民国号称是人民的国,偏偏不肯让人民当家作主,说要经过"军政"和"训政"这两个历史阶段之后,才能"还政于民",实行宪政。这套说法的理论根据是三民主义。主义云云,听起来很像是天道的变种。中国共产党人揭露说,这套为"还政于民"设置条件的说法,本质是为一党独裁和蒋家王朝的专制打掩护。当然,这种揭露是很深刻的,但我觉得,宣称自己是老百姓的代理人,而且是临时代理人,总比宣称自己是天道的代表进了一步。毕竟他失去了可以永远领导老百姓的借口,失去了永远也不还政于民的理由。

古今中外的假货

这些年我们老说假货泛滥,以为世风日下,人心不古,似乎过去就没假货,至少是没有那么多假货,看来这是偏见。实际上,不仅我国制造和贩卖假货的技艺高超、历史久远,假货的普及程度恐怕也不在今天之下。

读纪晓岚写的《阅微草堂笔记》,发现了几个关于假货的故事。纪晓岚是乾隆年间的大才子,四库全书的主编,他记载的这几件发生在北京的旧事,距今已经二百多年了。

一件事是纪晓岚买罗小华墨。我不懂墨,不知道这个牌子有多么响亮,想必当时是很出名的。这墨看上去"漆匣黯敝,真旧物也",可是买回去一用,居然是泥抟的,染以黑色,还带了一层白霜,利利索索地把纪晓岚骗了。

另一件事是买蜡烛。纪晓岚赶考,买了几支蜡烛,回到寓所怎么也点不着,仔细一看,原来也是泥做的,外面涂了一层羊脂。

纪晓岚的从兄万周,一天晚上见灯下有吆喝叫卖烤鸭的,买了一只回去,竟然也是泥做的。这鸭子的肉已被吃尽,只剩下鸭头、鸭脖子、鸭脚和一副完整的骨架。骨架里搪上泥,外面糊上纸,染成烤鸭的颜色,再涂上油,灯下难分真假。

纪晓岚家的奴仆赵平,曾以二千钱买了一双皮靴。自以为买合适了,沾沾自喜。有一天下雨,赵平穿着皮靴出门,光着脚回来了。原来那靴子的腰是乌油高丽纸做的,揉出了皱纹,貌似皮子。靴子底则是破棉花粘糊的,再用布绷好。

讲了这几个假货的故事之后,纪晓岚又讲了两个更难以想象的假夫妻和假房客的故事。说来话长,恕不转述。有兴趣的可以去翻翻《阅微草堂笔记》卷十七《姑妄听之·三》。

这些年我们老说假货泛滥,以为世风日下,人心不古,似乎过去就没假货,至少是没有那么多假货,看来这是偏见。实际上,制造和贩卖假货的技艺高超、历史久远,假货的普及程度恐怕也不在今天之下。我没有统计数字,但是不妨在情理之中推测一番。就说那做烤鸭的,肯花如工艺品一般精细的做工,再搭上等鱼上钩的时间和被人识破打一顿的风险,只为了赚一只烤鸭的价钱,这种高成本低收入的买卖,当今还有几个人肯做?为了这点小钱尚且有人费心费力地制假贩假,更多更大的机会自然更不会轻易放过了。这恐怕也是当时人生之艰难和资源之贫乏所决定的。这一点,现在应该是有所改善了。

另外还应该提一下商业方面的"制度安排"。纪晓岚提到的那几件假货,显然都是在地摊买的。当时似乎还没发明百货商场。本世纪北京人闹起来的东安市场,直到文革前还类似一个地摊汇集,并非现代意义的百货商场。西方人发明的百货商场是个好东西,它可以降低"交易成本"。一方面不用顾客花很多时间满世界地寻找他要买的东西,另一方面也相对降低了卖主的等待时间。在百货商场里卖假货,更有"跑得了和尚跑不了庙"的麻烦。因此,沾新制度的光,如今的北京人在大大小小的百货店里买东西,应该比当年纪晓岚在地摊上买东西的风险小多了。

如今人们都觉得假货泛滥,恐怕也是国营商业体制的背景衬托出来的,再一个原因大概是假货的标准变宽了。国营商店的盈利是国家的,亏损也是国家的,职工们犯不上为了国家的利益冒险卖假货。国有企业也犯不上为了国家的利益生产假货。这种缺乏激励的机制也抑制了假货二三十年。现在忽然放开,假货也忽然冒了出来,大家很不习惯,便觉得假货特别的多。再说,假货的标准也比古时候严格了。古时候也没那么多的名牌,假冒的自然也就少了些。不过,无论何时何地,只要有名牌就难免有冒牌货。譬如"王麻子剪刀店"就有"老王麻子剪刀店"和"真老王麻子剪刀店"及"真真老王麻子剪刀店"之类的竞争者。李逵碰到过李鬼,孙悟空遇到过六耳猕猴。

　　说到这里,我想起美国了。美国的假货并不少见。我在美国街头的许多地摊上见过劳力士表,外观极其漂亮。一问价,才二三十个美元。我笑道:"假的吧?"对方也笑笑:"你看看价钱呀。"我在美国街头还遇到过推销瑞士军官刀的。在纽约的百货商店里,瑞士军官的多功能刀卖三十多美元,而街头的年轻人,手里拿着同样的刀,吆喝着只卖三美元。后来我在一个亚裔人开的小店里,花三点五美元买了一把冒牌货。店主人不会说中国话,不知道是韩国人还是越南人。

　　我猜想,古今中外的地摊和行贩行为都差不多。大店名店则另是一路。造成重大差别的不是时间、地域和民族,而是具体的商业制度。

我们的人格理想

公民人格很有资格成为我们今天乃至未来数代人的理想人格。假设这个理想真能成为现实,马克思描绘的靠资本获取剩余价值的现象虽然不会寿终正寝,赤裸裸的坑蒙拐骗总不会有了。

仁孝人格

东汉恒帝时期(147—167年),陈蕃出任乐安太守,听说治下有一位叫赵宣的平民百姓,乡邑间盛赞其人至孝。父母去世,按常规要守丧三年,或居家,或结庐墓旁,这位赵宣竟然守丧二十余年,而且一直住在未封闭的墓道之中。

陈蕃——就是《世说新语》开篇说的那位"言为士则,行为世范,登车揽辔,有澄清天下之志"的陈仲举——听到了众人的推荐,便会见了这位"州郡数礼请之"的孝子。聊起家常,陈蕃发现赵宣有五个不到二十岁的孩子。陈蕃大怒。这家伙睡在墓道中干了什么?这不是"汙鬼神"吗?"圣人制礼,贤者俯就,不肖企及"(语出《礼记》),你踮着脚尖够不上倒也罢了,假充什么圣贤?这不是"诳时惑众"吗?于是陈蕃将赵宣治罪①。

恒帝时的东汉并不是什么好世道。连年歉收,盗贼四起,宦官干政,党祸不断,立国一百二十多年的东汉已然日薄西山,露出了衰亡之象。但是我们透过这个故事仍然可以想见当时的道德风尚,我们可以看到当时的人们怎样诳时惑众,凭借何种表现就能够诳时惑众。

时代真是不同了。试想,今天的中国还会有人做赵宣做的事吗?即使他想诳时惑众,赵宣的行为恐怕已经超出了今日疯子的想象力范围。再退一步想,如果有人重新提倡守丧三年,我们会觉得这很正常、很自然,因而衷心拥护吗?如今国家规定的丧假是三天,似乎没有人建议延长十倍、八倍以捞取政治资本、道德资本或别的什么资本。两千年屹立不倒的常规,如今已经不正常了。

我这里说的不是某种无足轻重的礼数。"孝为仁之本。"孔子叫世人"修身以道,修道以仁,"又说"仁者人也,亲亲为大"②,他为我们描述的是一种以仁孝为核心的理想人格,据说上合天理,下依人性,发为礼义。它为两千年来数

---

① 事见《后汉书·陈王列传》。
② 《礼记·中庸》。

以亿计人们提供了为什么生活和怎样生活的权威答案,而且获得了吸引人去假冒的崇高地位。

孔子真死了?

雷 锋 人 格

好像雷锋也死了。十多年前,一位不知姓名的父亲抱小孩乘车没人让座,当父亲的便对孩子说了一句:"雷锋叔叔不在了。"这句话的版本之多,流传之广,恐怕要远远超出尼采的那句"上帝死了"。可见时势不仅造英雄,还能造哲学家,至少能造名言。

其实现在还是有人给老人小孩让座的,孝敬父母的孩子也不罕见。但是大概没有人不承认道德风尚确实变了。作此断言的基本依据,就是很少有人为了诳时惑众而像赵宣假充孝子那样假充雷锋了。假充雷锋的现象曾经相当普遍,"假积极"这个词也曾经相当流行。时过境迁,现在还有谁骂别人"假积极"么?现在诳时惑众的是假洋鬼子和真真假假的大款大腕,而不是假孝子假道学假仁假义和假积极。

"雷锋叔叔不在了",这句话非同小可。雷锋所代表的是一种以"为人民服务"(人民不包括敌人)为核心的理想人格,据说它合乎科学规律,顺应历史潮流,代表人类未来。

人 格 与 时 代

人格理想不像时装发式,其变化的根据要深刻得多。

孔子们倡导的人格理想,都很合时宜地告诉人们如何处理当时最基本的人际关系,并且很有力地证明这种处理方式合乎天道人心或者历史规律,具有终极价值。

现在,我们离宗族大姓毗邻而居,宗亲世交触目皆是的时代已经很远了,我们离革命同志团结一心、兴无灭资、推翻三座大山的时代也不近了。出门上班,满眼小商小贩雇主雇员,下班上路,到处是行色匆匆的路人和讨价还价的顾客。想叫一声同志,招呼一声兄弟,真不知冲谁开口。

孔夫子们没有教我们在这样的社会里,怎样树立一种合乎此时此境的人格理想,并把它与不知躲在何处的终极价值联系起来。

公 民 人 格

西方人有什么好主意吗?据说西方人面临精神危机时常常把眼睛转向东方,那我们也不妨看看西方。在上帝去世或弥留之际,西方人总要拿出个办法来处理他们的人际关系。

西方基本的人际关系是什么呢?马克思分析资本主义

社会从商品开始,他认为商品交换是那个社会的基本关系。他又把劳动力作为商品引入,在遵守等价交换规则的条件下,推演建立了一个逻辑严密、令人瞠目的理论大厦。

现在正吃香的西方经济学,其所有理论都建立在两个最基本的假设之上:一,每个人都归在给定的约束条件下争取自身的最大利益,也就是说人是理性自利的;二,每个人在市场上都有完全的选择自由,也就是说谁也不能强迫谁,只能平等地交换各自的产品和服务。于是我们又看到两不相亏的交换波涌而出。

似乎不必再说等价交换的原则如何渗透了西方社会,以致社会学中的交换理论成为主流。也不必再提用经济学方法分析家庭和政府行为的努力如何频频斩获诺贝尔奖。总之,西方人处理基本人际关系的常规是等价交换。

等价交换——这算是什么人格理想?再说得好听一点:做一个善于保护自己的权利,同时也尊重他人权利的好公民,一个自利同时也遵守社会义务的好公民,这能算是理想吗?为人民服务呢?爱呢?天理呢?道呢?历史规律呢?人生的意义呢?终极价值呢?难怪西方人说自己精神危机!

但是我以为西方人的主意并不坏。公民人格很有资格成为我们今天乃至未来数代人的理想人格。假设这个理想真能成为现实,马克思描绘的靠资本获取剩余价值的现象虽然不会寿终正寝,赤裸裸的坑蒙拐骗总不会有了。此外,"满口仁义道德,一肚子男盗女娼"之类的痼疾,满口的为人民服务,一肚子营私舞弊之类的顽症,居然也出乎意料地失去了流行的适宜温度。剩下一个大家诚实地劳动,干净地挣钱,尊重自己也敬重别人的社会——这是一个很糟糕很庸俗的结果吗?

"圣人不死,大盗不止"[1],这话实在是很有道理的。

顺便说一句,我觉得英美人彼此相称的"Mr."这个词很妙。Mister 作为 Master 的弱化形式,在词源上的基本意思仍是"主人"。你也是主人,我也是主人,大家都是自己的主人,自己照顾自己,同时也自己承担责任。谁也无权欺负谁,至少是不能强迫谁。这正是等价交换的前提,公民人格的要义。

公民人格与传统

咱们不能崇洋媚外。他们是主人,咱们也是主人。他们的传统生出了公民人格,咱们也有能生出公民人格的传统。"性相近也,习相远也"[2],天下的人心本是相通的。

在以仁为核心的儒家理想人格中,就分明蕴涵着公民人格的生长点。

子贡曾经问孔子:"有一言而可以终身行之者乎?"孔子回答说:"其恕乎!己所不欲,勿施于人。"[3]孔子在此既尊

---

[1] 《庄子·胠箧》。
[2] 《论语·阳货》。
[3] 《论语·卫灵公》。

重了别人,也肯定了自己。这不是一句无足轻重的话,孔子告诉子贡的是可以奉行终身的大原则,而且类似的原则也曾在位居核心的"仁"的范畴里出现。子曰:"夫仁者,己欲立而立人,己欲达而达人。"①这里更直截了当地肯定了"欲立"和"欲达"的自己,也尊重了有同样欲望的他人。如此两不相亏地行事,正是公民人格的核心。

我无意把两千多年前儒家倡导的理想人格混同于今日西方的公民人格,这样做自然经不起知人论世的推敲。我也无意当一个儒家修正主义者。每个时代都有自己的问题和解决办法。不必死抱住某句箴言不放——西方的公民们似乎也没有死死抱住耶稣"爱你的邻人如同爱你自己"的训诫推导不已。

我想说的是:不必担心丢了咱们的传统。古今中外的人心自有相通之处,在劳动仍是谋生手段的时代,在劳动成为人生第一需要或莫大乐趣之前,在纳贡服徭役修陵寝的时代过去之后,人有一种不得不然的为人之道,不管你叫它什么,也不管你的传统是什么。

公民人格与终极价值

自利不损人的公民人格未必就与飘渺的终极价值挂不

---

① 《论语·雍也》。

上钩。我先在这里挂挂看——我挂不好不等于别人也挂不好。

最简捷的挂法,就是把公民人格说成自本自根的终极状态。人是什么?"食色性也",用中国农民的话说:"人活两个脑,一头吃饭,一头生养。"这是"本我"。再加上"超我"的约束,责任感义务感或曰礼义廉耻之类,这就是人了。谁也不会追问蚂蚁或猴子在其自身生存繁衍之外的终极价值,那么也不必向人类发问。

这种挂法有点耍赖之嫌,但不能说它没理。事实上弗洛伊德的本我,萨特的选择自由,确实被许多人视为终极价值。你可以另有高见,却不能说人家赖皮。

如果不肯接受这种终极价值,只承认传统的终极价值,我们可以再往传统上挂。马克斯·韦伯在他那本《新教伦理与资本主义精神》中,就用一个"天职"的概念当钩子,把公民的赚钱工作与上帝、天堂、灵魂不死这一套终极价值挂起来了。利己的行为都能挂上尊重他人的行为自然不必多说。我们中国人要想挂,似乎也不必太费劲。我们的祖先把道、天道、天理等等视为自本自根的终极存在,而且用天人合一的概念把天道与人性挂得结结实实。《中庸》有云:"天命之谓性,率性之谓道。"那么我们只要"己欲立而立人,己欲达而达人"就行了,终极价值已在其中。一定不肯接受这种自然而然的包容,非有与外在的天硬挂,我们也可以说:"天行健,君子以自强不息。"①什么叫自强？拼命工作算不算自强？算就挂上了。这就是以天为则，顺天意，行天命，正好比服从上帝。再加上一个"地势坤，君子以厚德载物"②，宽容地对待别人，帮助别人，那更是阴阳调和。一阴一阳谓之道，这就算到头了。

如果说东西方传统中的终极价值太老了，不适用了，我们还可以换不太老的，流行于十几年前的。西方经济学中有个"激励相容"的概念，就是说每个个人理性自利的行为经过看不见的手的指引，便会结出社会进步、人人受益的善果。那么，好好赚你的钱就行了，只要别违法，其结果必定是社会进步，人民幸福。如此，关心国计民生的人便可以安心：历史正在你的生意中前进。实在安不下心来的不妨将来多做慈善事业，直接摘取善果，现在的工作可以看作打基础。性急一些的甚至不必等待将来，值此新规未立之际，正是英雄用武之时，可以干些为万世开太平的大事。

如果说这种终极价值还不称心，恐怕就要问问自己的心究竟是什么心了。明心见性，认清自己的真心自性，这是佛家特别擅长的功夫，也是佛家认可的终极价值——见性成佛。达到这种境界的人，大可不必关心什么理想人格。既然有理想，总是对现实的自我有所不满，而这正是大彻大悟者不会有的妄念。也许，释道儒的明心见性传统能为人

---

① 《周易·乾》。
② 《周易·坤》。

类提供如何成为真人的答案,帮助我们成为可能是、应该是、本来是的那种人。但是即使有了明白易懂的答案,恐怕在有人挨饿受冻,有人互相残杀的时代也不容易大行于世。

话说远了。最后收一句:好公民是不会干涉别人明心见性的,他自己也可能做同样的事。等大家都有适宜的条件和巨大的兴趣做这样的事了,公民人格自将让位,替代它的东西或许很有仙风道骨。

理解迷信

我们还没有建立一个能够保证善有善报、恶有恶报的人间制度。我们看惯了好人倒霉和恶人得势。这就是"迷信"生根、开花、结果的沃土。

尽管我受过正统的唯物主义教育，最近还是从事了一回"迷信活动"。

五月下旬我在安徽农村搞调查，和一位承包鱼塘的农民聊了半天。我听他讲自己这十多年的经历——在北京卖菜，然后卖鱼，再回家养鱼，赚了数以十万计的辛苦钱。这是一位瘦小的中年人，小学文化程度，和气而小心，看起来有点腼腆。村干部说，如果他不赌博，日子过得还要好。他在赌场上输了总有十多万。村干部当着我的面追问他：你今年又输了多少？他不好意思地答："七千。"

我对他有一种莫名其妙的好感，他说他和他老婆两个人,干的是北京十个人干的活。起早贪晚,养猪养鸡养鱼种稻,建立起来一套生态农业的生产模式。他挣的钱太干净了,我不愿意看到他拿自己的血汗钱打水漂。于是我端详了他一会,斩钉截铁地告诉他:"你的命里没有横财的运。你的晚年可以过得很好,但是有一道凶纹悬着,追求横财有家破人亡之祸。"这位农民听了满脸肃然。村干部和我的同事也满脸敬意。后来,我的同事反复请我给她看看相,我说我是瞎说八道呢,古人所谓"神道设教",目的是劝人改恶从善。你需要我劝你改恶从善么?

话虽如此说,但我相信,这番包含了凶吉预言的劝戒,那位农民会记一辈子。对此我有切身体验。

二十多年前,毛主席还在世的时候,我去一个山村劳动。村里的民兵排长和我关系挺好,晚上便拉着我,偷偷去找一位富裕中农看相。那个老头盘腿坐在炕上,就着油灯端详了我一会,说:"一满星,想当兵。"然后问我对不对。当兵是当时多数年轻人的理想,但不是我的理想。我那时很左,满脑袋毛泽东思想,我的理想就是上山下乡,干一番改天换地的事业。但我不好意思说他说得不对,就胡乱点了点头,说对对对。其实在我心里,半信半疑的玩笑已经染上了轻蔑。那位老头又看了看我的额头,接着说:"天肖(音),克父母。"前两个字我没听懂,后三个字我听懂了。我问他什么时候克,他说二十四五岁。我问怎么办,他说,你家当院的大门上,有一颗大钉子,拔下来就好了。我家住在机关大院的宿舍楼里,哪里有什么当院?我心里更不以为然了,就应付说,好好好,要是不管用我来请你。最后老头向我要了一斤粮票。

那是毛泽东思想所向无敌的时代,是"妖魔鬼怪"被彻底扫荡的时代,我根本就不信那个富裕中农的胡说八道。从逻辑上说,他也确实在胡说八道。按说这事笑笑就算完了,没想到,六七年之后,在我二十四五岁的时候,常常不由自主地想起那位老头的预言。那时我在大学住校,特地嘱咐我弟弟注意大门上的钉子。每个星期我回家的时候,经常要看看楼门和家门上有没有大钉子。我怕老头的预言应验。当时的心理似乎就是宁可信其有,不可信其无,不怕一万,就怕万一。人类不懂的东西很多,别真出什么事。这是一种非理性的恐惧。这种恐惧和担心,直到我过了二十五岁才彻底打消。当然,什么事也没有出。可是这种预言对我内心的影响却是真实有力的。将心比心,我估计深受算命看相之类的预言影响的人,数量不会太少。

近来的报纸和电视上,宣传破除迷信的东西多起来了。我很理解这种现象。自从法轮功的门徒到中南海静坐示威之后,破除迷信就有了"政治"意义。官方对来自民间的意识形态挑战做出了反应:调兵遣将打一场意识形态领域的战争。这种格局本身便足以证明,中国的意识形态领域正处于战国时代。毛泽东提出的无产阶级专政下继续革命的理论早就崩溃了,不过上上下下仍有一些信奉者;邓小平理论的旗帜正在大力宣扬和努力高举之中,但是"革命尚未成功,同志仍须努力";西方的民主人权理论有许多信奉者,却又不断受到官方的批判,缺乏合法生存的条件;各种气功理论在民间广招信徒,但是百年来其儒释道的根基饱经政治摧残和自然科学的蚕食,败军之将要收复山河谈何容易。总之,大一统的时代已经过去,新的统一尚未完成,什么都有人信,但什么都缺乏真正的权威和普遍的说服力。

我不知道最后的结局是什么。但是现在这场迷信讨伐战,在我看来胜利的希望十分渺茫。毕竟政府提供的意识形态产品,满足不了需要,而中国确实存在着广泛而迫切的需要,需要一套对生活、社会、人生、历史等等的令人信服的说法。

昨天半夜,一个朋友给我打了一个电话,让我帮他出主意。他是一家宾馆的老板,他发现自己的员工普遍贪污,从领班到服务员结伙盗窃。本来给顾客的优惠,被她们自己装进腰包。本来是自己上门的客人,被她们说成是出租车司机送来的,按照规矩给那些司机的提成也进了她们自己的腰包。这位老板最近连续解雇了三个员工,一个是有上述行为被他发现的,一个是涉嫌盗窃顾客财物的,一个是负责买菜却贪污菜款的。他说他不知道该怎么好了:"我也不能把她们都开了,都开了谁来干活呀?"

我的第一反应,就是他的工资给得太低。我说你虐待员工吧？他说他们的工资标准属于中上等,绝对不低,他对员工也彬彬有礼。我说你监督不严吧？他说规章制度和执行情况都很严格,但是你不可能整天盯着她。只要有一点空子她就贪污,而一点空子也没有是根本不可能的。我说你为什么不逐步换人呢？他说换过人,新来的还是这德行。这时我想起了西方经济学的经济人假定:人是理性自利的,人们都要追求个人利益的最大化。因此,只要贪污的风险不大,贪污就是他们的最佳策略。我说,那你就认账吧,她们贪污是很自然的事情,别大惊小怪的,这是你必须付出的成本,只要别太过分就行。你就把这笔钱当成管理费用吧。他想了一会,说,也只好如此了。

话虽如此说,回头细想,总觉得有点不对劲。为什么这里一点道德因素也没有呢？我们面对的毕竟是有尊严和良心的活人呀。我问自己:如果我是那些员工,我会贪污么？我确信自己不会。我可能偷懒,但绝对不会贪污,连想都不会想。那么她们为什么与我不同呢？也许,她们觉得自己那么做很合理？譬如,按照马列主义的说法,老板是剥削者,她们是被剥削者,剥夺剥削者并没有什么不道德的,等等。或者干脆连这种自我辩护都不需要,有便宜不占王八蛋？

今天早上起来去上班,我买了一份刚出版的7月9日的《南方周末》,在第十四版上看到了一篇文章:《"黑"木耳暗访报告》。一位名叫刘根林的山东好汉,一次吃了劣质黑木耳呕吐，便自费追踪这劣质黑木耳的由来。他在安徽涡阳的两个镇数十个村庄见到了大规模的假货加工。在河北大城县的某村庄看到家家户户用硫酸镁等有害物质加工黑木耳，目的是增加分量和以次充好。他在黑龙江的木耳产地也见到黑木耳掺杂掺假。如此大规模的假货害了中国顾客的健康，也害了俄罗斯顾客的健康，俄罗斯已经不从中国进口黑木耳了。我估计许多中国顾客以后也不会再买黑木耳了。

这就是说，报复最终会落到整个黑木耳产业头上，大家的饭碗都要砸。为了自身的长远利益，最合理的抉择应该是停止造假。但是团体理性与个人理性在此发生了冲突。每个造假的个体都有理由在最终的报复来临之前，努力捞上最后一把。反正自己不捞别人也要捞，这个产业早晚是要完蛋的。这种个人想法显然是合理的，于是这个产业就会真的完蛋。市场机制并不能摆平个人眼前利益和团体长远利益的冲突，负责这件事的应该是法律、道德、宗教之类的东西。在黑木耳产业里，我们显然看不到这类东西。

刘根林看到的景象，家家户户公然伤天害理的景象，有一种惊心动魄的壮观。一个人偷偷干点伤天害理的事情，这在任何时代和任何地方都不稀奇。一个村庄一片地区在光天化日之下如此大干，我们就很有理由怀疑，整个社会还有没有道德良心这种东西。这样的社会和人群在我看来是很稀奇的。他们为什么这样干呢？他们如何为自己辩护呢？刘根林的文章里没有说。我猜想，自我辩护之类的需要恐怕只是我的需要，未必是他们的需要。他们大概也是信奉"有便宜不占王八蛋"的人。不过，如果一定需要找一个辩护理由的话，我也能替他们想到，这就是"只许州官放火，不许百姓点灯"。满世界都是贪官污吏，倚权仗势巧取豪夺，老百姓弄点假货赚点钱养家糊口，总比戴着大盖帽明抢道德多了。

如果我迁居到这样的村庄，我能拿出什么样的理由来劝阻呢？天理良心，损阴德折阳寿，伤天害理，不得好死，断子绝孙，下十八层地狱，除了这些古人的话，我想不出什么更有力量的说法。我好像出了毛病，或者是我们现在的意识形态出了毛病，很容易就能找到替损人利己的行为辩护的理由，但是却找不到有力的反对理由。天理良心，这是宋明理学的东西，被几百年来的英雄好汉斥为假道学的东西。损阴德折阳寿下地狱，这是迷信，传媒们正在起劲地反对着。反对了，打倒了，然后呢？光天化日之下还剩下什么？

明清两朝所有州县衙门的头门内，甬道之上，都立着一块"戒石"，上边刻着十六个字，曰："尔俸尔禄，民膏民脂。下民易虐，上天难欺。"这叫戒石铭。这句话的地位大概相当于现在政府大门影壁上的"为人民服务"。不过我觉得，古人的这句话比"为人民服务"更有分量，因为古人讲理。

说你的俸禄就是民脂民膏,这已经规定了你与人民的基本关系。说欺负小民天理不容,这又宣布了恶行将要导致的结果。这是一个无法确证的结果,所谓抬头三尺,即有神明,善有善报,恶有恶报,这些话在那时人们心目中的分量,绝对不同于现在的说笑。这种神秘的威胁是永远无法证实,也永远无法打消的,它永远是一把悬在贪官污吏头上的剑:欺压百姓不得好死。就算得了好死,地狱里也有油锅等着你。你可以不信,但是又不敢完全不信。这就是"迷信"的力量。我们可以说这是神道设教,说这是胡扯,但是你发明一个既不胡扯又有威慑力的说法试试?

我们还没有建立一个能够保证善有善报,恶有恶报的人间制度。我们看惯了好人倒霉和恶人得势。这就是"迷信"生根开花结果的沃土。"迷信"斩钉截铁地告诉你,天下的事情终究是公平的,天网恢恢,疏而不漏。善行必得善报,恶行必得恶报。现世不报来世报,活着不报死了报。所以马克思说,宗教是无情世界的感情,是被压迫生灵的叹息……宗教是人民的鸦片[①](《〈黑格尔法哲学批判〉导言》)。被压迫者就在这种关于来世的想象和期待中,对虚无飘渺的报应的信念中,得到了替代性的安慰。反过来,压迫者也感觉到了一些威胁和不安。如果一报还一报可以延伸到阴间,延伸到死后,这毕竟叫作恶者心里有点不塌实。如果说

---

① 参见《马克思恩格斯选集》第一卷上册,人民出版社,1972年版。

这种信念不好，需要批判，那么，剩下的恐怕将是另外一种无所顾忌的更糟糕的信念：损人利己占了便宜，不占白不占。与人为善吃了亏，亏了也白亏。这是鼓励害人的信念。如果我们企图将恶人心里的最后一点不塌实也铲除干净，却不能在现实生活中建立遏制恶行的机制，那你到底在干什么？

明清小说里充满了因果报应的故事。那是一个渐渐脱离血缘和地缘关系，逐步进入市民社会的时代。在那个充满了陌生人的世界里，害了人可以一走了之，不像在亲戚间和村庄里那样结下躲不开的三代深仇，让人不得不瞻前顾后。在这种现实的报复难以实行的情况下，就需要创造出某种想象中的约束。皇上和官僚集团不能提供公正，说故事的人就编了出来，用浓墨重彩将公正画入社会和人生的阴阳全景图，画入他们心目中的世界。这是他们希望如此的世界，他们认为理当如此的世界，他们"迷信"的世界。他们津津乐道，一头愿说，一头愿听。这类故事流传甚广。这便是社会心理正在寻求报应均衡的表现和证明，也是儒家正统意识形态的补充和变化。这种变化正在努力以一种"迷信"的方式解决正统意识形态和政治体制解决不了的问题。

总之，这是解决问题的努力。在意识形态层面上的努力。也是原来的意识形态和政治体制失效的证明。现在，我们面对的是一个又一个祖宗们未完成的努力，是多次努力的中断,是一片又一片的废墟。关帝庙塌完了,语录牌拆掉了。过去的问题仍在,过去的努力却消失了。目前的意识形态舞台上,回荡着高昂的陈词滥调,演出着战国争雄的故事。而最终决定胜负的,大概是台下和台后的现实世界里发生的事情。

代后记：农民与帝国

帝国是暴力竞争的产物

当掠夺性活动的利益高于生产性活动、并可以长期保持稳定之时，人类社会就出现了以暴力掠夺为专业的群体，出现了这种分工的社会表现形态——"暴力—财政实体"①。暴力—财政实体内部有暴力赋敛集团和福利生产集团②。人类社会中的各种权利安排，从政权到产权到种

---

① 这项条件可以如此表达：掠夺(防御)收益－掠夺(防御)成本＞生产收益－生产成本。显然，初次掠夺需要镇压反抗，需要建立掠夺体制，一次性成本会比较高。此后只要支付维持威慑力和掠夺体制的成本就可以了。暴力与生产的专业化分工在社会性昆虫那里已经出现，譬如兵蚁。在蜜源紧张(蜂蜜生产成本上升)的时候，蜜蜂的"盗性"也会随之上升。盗蜜行为可以导致蜂群之间的战争，导致蜜蜂的大批死亡和逃亡。

② 在帝国时期，暴力赋敛集团主要由皇室、贵族、军官和官吏集团构成，他们凭借超经济的权力分配并占有资源。而福利生产集团，主要由农民、手工业者、商人、土地和资本等生产要素的拥有者构成。生产要素的拥有者与暴力赋敛集团在成员上有部分重合。此外，在提供安全秩序等公共产品方面，暴力赋敛集团也有生产性的作用。

种人身权利,都是暴力保护下的某种安排的名字。

有文献可证的中国文明史早期,井田制中的庶人在公田里偷懒。公田里草荒严重①。社会主要物质生产者难以监督和惩罚的大规模偷懒行为,造成了贵族和庶人双方的损失,因而削弱了国家的整体实力,使之在暴力—财政实体林立的诸侯竞争中处于不安全的地位。这种困境逼出了中国历史上最初的分田和土地自由买卖,公田上的劳役也转变为"初税亩"中的实物。农民得到了较多的权利,公家得到了较多的粮食,双方找到了新的合作形式。

随着井田制的逐步瓦解,私田交易的增加,自耕农出现了,地主、佃农和雇农也随之分化形成了。作为暴力—财政实体拥有者的各级贵族,逐渐被作为暴力—财政实体代理人的官僚所取代,郡县制开始替换分封制。在庶人、自耕农、地主和佃农雇农的基础上,依靠着他们提供的剩余产品,也依靠着这种人力资源,春秋五霸和战国七雄展开了对小国的吞并和对霸主地位的竞争。

由秦国发挥到极致的国君集权制度,下层有一个能"尽其民力和地力"的自耕农制度,中层有一个由号令赏罚驱动的官僚代理制度,上层有一个控制一切资源的独裁者。凭借这个体制和奖励耕战的政策,秦国将作为主要物质生产者的农民的生产潜力激发出来,将各种人力资源的体力、智

---

① 《诗经·齐风·甫田》:"无田甫田,维莠骄骄。"

力和勇气激发出来，形成了集中使用的巨大优势。依靠这种优势，秦国在竞争中淘汰列强，创建了中国历史上第一个大一统帝国。

帝国制度是分封制度进化的产物。作为暴力—财政实体，分封制度呈现为巨石金字塔结构，构成每一块巨石的诸侯大夫都是一个相对独立的暴力—财政实体。"王"则是居于顶端的最大实体，控制着权利逐层递减的下层较小实体。帝国制度则不然。它是单一"暴力—财政实体"的分化和复杂化，各种资源集中在顶端，中层则由官僚代理人构成的支架代替了贵族实体的巨石，基层是一盘散沙般的小农。这种结构可以比喻为金属管材建构的井架，动力在顶端，资源在基层，两端之间的钢管架构就是负责上传下达的各级官僚代理人。由于破除了世袭的等级制贵族政体，对各级行政官员的选择范围从贵族扩展到平民，选择标准也从血统转向称职。

对春秋战国时期终结后的中国社会来说，秦帝国的建立结束了长达数百年的战乱和半无政府状态，为社会确立了秩序，因而深受欢迎①。但是，帝国制度在解决老问题的

---

① 司马迁在《史记·秦始皇本纪》中比较大一统帝国制度与战国时期诸侯制度的利害得失时说："秦并海内，兼诸侯，南面称帝，以养四海，天下之士斐然乡风，若是何也？曰：近古之无王者久矣。周室卑微，五霸既殁，令不行于天下，是以诸侯力政，强侵弱，众暴寡，兵革不休，士民罢敝。今秦南面而王天下，是上有天子也。既元元之民冀得安其性命，莫不虚心而仰上。"（参见《史记》，中华书局，1959年第一版，第一册，页283。）

时候又造成了官僚集团瞒上欺下追求代理人利益的新问题。同时,帝国无可匹敌的强大导致了统治集团不受制约的自我膨胀,导致了对被统治者的过度侵害,自耕农制度在很大程度上被沉重的劳役和刑罚制度所取代,帝国的根基破坏了,秦帝国二世而亡。

帝国制度是在多种暴力—财政实体优胜劣汰的环境中逐步建立和完善的组织形式。这套制度调动资源的能力、战争能力和稳定程度接近了当时的生产和技术条件所允许的最大化。这是一套经过上百个国家二十多代人断断续续的积累和摸索,将不同领域和不同层次的制度组合匹配而成的高效率的体系。这套体系高度适应草原地带游牧民族不断入侵的地理环境[①],高度顺应众多暴力—财政实体争霸中原的历史演化路径,同时又密切对应着作为自身基础的小农经济。这套高效率的综合性适应体系[②],依仗着最适者生存的强大生命力,成为称雄天下两千余年的具有独立生命的历史活动主体,占据了历史舞台的中心,谱写了人

---

① 游牧民族的侵掠行为是应付灾害的生存策略之一。《史记·匈奴列传》云:"其俗,宽则随畜,因射猎禽兽为生业;急则人习战攻以侵伐,其天性也。"(参见《史记》,中华书局,1959年第一版,第九册,页2879。)因此,来自草原地带的暴力掠夺威胁,构成了帝国外部环境的一个固定存在。

② 建立帝国制度是对中国社会的一次重组,重组后的社会只需要同样甚至更少的生命和财产的投入,就可以获得优于春秋战国时期的安全和秩序。这既是司马迁笔下士庶的共同信念,也是后代帝国臣民的普遍感觉,故有"宁为太平犬,莫作乱离人"之说。在这个意义上,帝国制度是费用更加节省的制度,因此本文反复强调其高效率的特征。找到并且建立这样一种费用更加节省的制度,成功地实现这样的社会重组,不能不称之为伟大的文明成就。

类文明史上的辉煌篇章。

帝国的均衡与失衡

西汉总结秦帝国的教训,确立了帝国内部暴力赋敛集团与福利生产集团的均衡关系①,并且调整了统治策略和控制形式。

儒家学说比较完美地描述和论证了这种均衡关系。在儒家的理想设计中,千家万户自耕农每年向帝国交纳百分之十的赋税;国君通过多层次的官僚代理网征收赋税,征集兵员,保护帝国及其臣民的安全,维持君君臣臣父父子子的等级秩序,维护国君恩赐给各层臣民的相对权利,并向社会提供福利。经过董仲舒改造的儒家学说将这套秩序描绘为天道的体现,被皇帝确立为独尊的官方意识形态,并且成为中国社会普遍接受的对公平和正义的基本看法。

儒家描绘的均衡关系,是统治集团与被统治集团长期互动的经验教训的总结。

由皇室、贵族及其官僚代理人构成的统治集团,拥有强大的暴力威慑和意识形态劝说能力,因而在双方关系中占据了主导地位。但是,他们的选择并不是不受限制的。农业生

---

① 均衡是指博弈论(或作为其特殊形态的微观经济学的均衡理论)所描绘的一种状态:在相互作用的关系中,每一方都同时达到了约束条件下可能实现的利益最大化的目标,因而这种状态可以长期持续存在。

产者通过怠工、避税、逃亡以及走投无路时揭竿造反等对策，决定着统治集团在选择不同的土地制度、人身权利、赋税形式和赋税比例时的风险和利益，决定着不同统治方式的成本和收益。在统治集团眼里，他们与物质生产者之间的关系，类似牧人与羊群的关系，而羊群对生长条件的要求、羊群的好恶和承受能力对牧人的行为是有重大影响的。为了长期利益的最大化，牧人必须约束自己，必须付出努力，提供并维护羊群的生长条件。

因此，将儒家学说确立为官方意识形态，并不意味着改变了统治集团的暴力—赋敛性质。增强统治策略中劝导说服和人心控制的成分，减少赤裸裸的暴力威慑的成分，同时对自身的行为有所约束，这是统治集团降低统治风险的需要。而且，官方意识形态的独尊地位也是以暴力维护的，因为这种意识形态所维护的利益关系合乎暴力赋敛集团的根本利益。

在实际生活中，在统治集团与被统治集团的基本关系方面，现实关系总是顽强地偏离儒家的理想和规定，呈现出日渐堕落的总体趋势。这种趋势发源于官僚代理集团对代理人私利的追求。最高统治者无力约束这种私下追求，弱小分散的小农阶级又无力抵抗权势者的巧取豪夺，于是就有了潜规则体系对儒家宣扬的均衡体系的替代。王朝更替则是对过度失衡状态的自我校正机制。

作为帝国的最高统治者，皇帝希望维持各集团关系的稳定和均衡，保证帝国的长治久安。但这种愿望受到了自身利益和客观能力的双重限制。

皇帝拥有至高无上的权力，承担着维护人间秩序的主要责任，同时也在这个秩序体系中占据了很大的利益份额。然而帝王个人利益的最大化与帝国利益的最大化并不完全一致。皇帝是终身在位的，他可以把胡作非为的代价和风险转嫁给整个帝国和子孙后代。反之，精心维护帝国秩序所带来的利益，却有相当大的比例属于帝国秩序各方面的受益者，而辛劳却完全属于自己。在这种成本—收益不对称的利害机制的激励下，历史上的暴君、昏君和庸君比比皆是，合乎儒家理想的圣君却寥若晨星。

各部门各地区的衙门也有不同于帝国整体利益的特殊利益。官僚作为代理人的个人利益与帝国和部门的利益也远非一致。他们扩张自身的特殊利益，税外加税、费外加费，用一套潜规则体系架空了正式规定的体系。

相对皇帝及数目有限的廉洁的监察官员来说，那些以权谋私的衙门和官吏拥有难以对付的信息优势。他们以欺瞒手段谋取私利的效益很高，到手的利益又有助于他们在官场竞争中编织关系网和保护网，猎取更高的职位。于是，帝国官僚体系中的每个活动主体都处于徇私卖法的诱惑和激励格局之中。

帝国不得不承担上述官僚代理制度的弊病。当官僚代理制度以郡县制的面目大规模登上历史舞台的时候，中国正在分封制培育出来的诸侯大夫的战争中流血。官吏代理人对他治下的各种资源的支配和控制能力要比分封的诸侯大夫弱得多，短暂得多，与中央对抗的能力也就弱得多。对国君来说，这是一个比较容易控制的高效而稳定的制度。

但是新的问题也随之产生了：官吏与其治下民众的利害关系更加短暂脆弱，就好像牧人受雇放牧别人的羊群一样，官吏代理集团比分封的贵族集团更不关心百姓的死活。

帝国制度下的农户是以一盘散沙的状态存在的。他们力量微弱，反抗官府压榨的收益很微薄，却面临着杀鸡吓猴的巨大风险。在这种个体反抗风险远大于收益的利害格局之下，只要能凑合活下去，退缩忍让通常是农户的最佳生存策略。此外，小农经济的自给自足水平高，与外界交易的次数少、数量小，忍一忍也不是很要紧。

小农经济对贪官污吏的耐受性很强，直接结果便是支持了帝国的统治方式——就好像耐粗饲的家畜品种支持了粗放的牧养方式一样，间接结果则是抑制了对帝国统治方式的耐受性较弱的工商集团的发育。另外，小农经济对贪官污吏的承受能力又孕育了帝国崩溃的隐患。由于贪官污吏的敲诈勒索比较容易得逞，收益颇高，这就激励更高比例的人口加入贪官污吏的行列，直到十羊九牧的生存危机出现。

显然，上述失衡过程是一个势所必然的趋势，帝国的历史越长，这个趋势就表现得越分明[①]。在这个过程的末端，

[①] 在理论上，官吏集团对代理人利益的追求将在边际收益等于边际成本的那一点止步。如果边际成本由上级监督和民众反抗共同构成，那么，在官吏平均分摊到的监督力度逐步下降的现实趋势中，真正能够阻止官吏集团侵犯脚步的，只有民众的反抗。由于个别性反抗的胜算极低，迫使侵犯止步的那一点只能是大规模造反，而这一点恰恰是社会秩序的崩溃点。这是民众权利不敌官吏权力的专制制度的衰亡常规。

则是循环出现的帝国崩溃和随之而来的无政府状态,以及逐鹿中原的军阀混战。而在争夺天下的混战中,最终获得竞争优势的体系,又势必属于战争效率最高,社会认同最广的制度。于是,帝国制度再一次出现在新一轮王朝循环的开端。

在两千多年的历史上,帝国制度对自身弱点的修补一直没有停止。汉朝有削藩,有独尊儒术;隋唐发明了选拔人才的科举制度;明朝发明了代替相权的内阁制度和提高皇帝个人监控能力的厂卫制度;清朝的皇位传贤原则又建立了激励皇子进行素质竞争的新机制。但在最根本的关系上,在农业生产者与暴力赋敛集团的关系方面,一直不能出现有效的权力制衡。

在两千多年的历史上,帝国农业的生产方式也经历了许多进步,出现了新的作物品种、新的栽培技术、新的生产工具、新的地租形式、更精密的土地产权制度等等。不过,这种生产方式对自然资源的利用效率终究有自己的极限。在帝国承平日久,人口增加之时,农业依赖的土地资源便日渐紧张,帝国各阶层对土地资源的争夺也日趋激烈。一方面是在竞争中获胜的官僚地主和平民地主获得大量土地,另一方面,在竞争中失败的大量人口沦为佃户、雇农、奴仆、流民、乞丐、土匪或盗贼,他们造反的机会成本很低,帝国崩溃的风险也因此加大了。

对生产资料的激烈竞争,一方面破坏了帝国赖以生存的小农经济制度,另一方面,又把大量人口逼入了在生存竞争中占据优势地位的官吏集团,加剧了帝国官吏集团膨胀和腐败的原有趋势。这又更大幅度地偏离儒家对基本秩序的规定,于是秩序崩溃,天下大乱,人民在战乱和饥荒中大批死亡。帝国制度便以这种方式解决人口过剩问题。这种问题是儒家理论框架无力分析也未曾认真看待的更深层次的危机。帝国秩序的破坏与人口压力增加的同步交织确实容易搅乱对这个问题的分析。但是,帝国对儒家秩序的周期性偏离与复位,毕竟有别于农业文明基础上的人口与土地均衡关系的破坏与重建,尽管这两种失衡共同以王朝更替和治乱循环为常规的自我校正机制。

帝国制度轮回十余次而基本结构不改,根本的原因,是不能形成冲出农业文明的力量。因此既不能解决人口与资源关系的长期性问题,也不能形成构造新型政治均衡的社会力量,从而解决统治集团堕落的周期性问题。小农经济的基础不变,诱导或胁迫帝国制度发生根本变迁的利害格局就不能形成,王朝循环就不会终止。

官营工商业与民营工商业

欧洲形成了冲出农业文明的力量。那里的工商业吸纳了大量人口,工业的发展又为农业提供了化肥农药等新投入的生产要素,从而提高了农业产出水平;发达的商业也保证了外来的食品供应,支撑着工商业分工的深化和繁荣。如此分工与专业化交互促进又相互支持,逐步改变了经济结构和劳动力结构。这种新的文明体系及其市场色彩浓厚的激励机制,改造了人们的生活方式和生育意愿,最后达到了人口增长率和生产方式的承受能力的基本平衡。

上述过程未能在帝国两千多年的轮回中展开。

在中国历史上,工商业的形成和发展与官府的关系极其密切。在早期阶段,较大规模的工商业分工本身就产生于暴力赋敛集团及其支配的行政权力的需求和指令,这就是周朝的"工商食官"①。官营工商业以暴力强制为基础,直接占用和支配人力物力资源,从事工业生产和内外交易活动。帝国的官营工业取得了辉煌的成就,制造出了精美的祭祀用品、战车、兵器、航船、宏伟的建筑、精巧的手工艺品,以及相应的复杂的分工协作体系。帝国的代理官员是这套生产体系的直接管理者。

官营工业生产体系面临着一道难以突破的边界:在自身的分工与专业化的发展中,分工越细,体系越复杂,代理链越长,管理成本就越高,分工带来的利益也就越低。当管理成本高过分工所带来的收益的时候,分工发展的进程就会终止。

与官营工业不同,民营工业在市场体系中的分工和发展,是一种利益主体不断生成的过程。官营工商业只有一个行政头脑,分工好比是肢体的分化和延长,存在着信息不通、指挥失灵和尾大不掉的风险。而民营工业在肢体过长时就会自然断裂,生成新的利益主体。只要分

---

① 《国语·晋语》:"公食贡,大夫食邑,士食田,庶人食力,工商食官,皂隶食职。"

工带来的收益大于交易成本①，分工和发展的进程就会无止境地持续下去。专业化分工导致的专业知识积累和生产力水平的提高也是没有止境的，这个自发演化过程持续下去，便有可能创造出一个资源利用效率更高、力量更强大的新文明。

帝国制度下的民营工商业的生存和发展受到许多外部限制。帝国的权力太大了，有利可图的领域一定会被它霸占和垄断，可是行政管理的效率逐层递减特性又注定了它经营不善。经营不善的恶果又要以成本摊派和无偿征调的

---

① 交易成本，大体可以看作人与人打交道的成本。这个概念将在本文中多次出现，需要多解释几句。

张五常教授在《新帕尔格雷夫经济学大辞典》(约翰·伊特韦尔等编，经济科学出版社，1992年版)"经济组织与交易成本"条目中写道：

"在最广泛的意义上，交易成本包括所有那些不可能存在于没有产权、没有交易、没有任何一种经济组织的鲁宾逊·克鲁索(Robinson Crusoe)经济中的成本。交易成本的定义这么宽广很有必要，因为各种类型的成本经常无法区分。这样定义，交易成本就可以看作是一系列制度成本，包括信息成本、谈判成本、拟定和实施契约的成本、界定和控制产权的成本、监督管理的成本和制度结构变化的成本。简言之，包括一切不直接发生在物质生产过程中的成本。显然，这些成本的确很重要，把它们称为"交易成本"，可能引起误解，因为它们甚至在像共产主义国家那样的经济里，也会赫然耸现。

从定义上看，一个组织总要求有人去组织它。在最广泛的意义上，所有不是由市场看不见的手指导的生产和交换活动，都是有组织的活动。这样，任何需要经理、主任、监督者、管理者、实施者、律师、法官、代理人，或甚至中间人的活动安排，都意味着组织的存在。这些职业在鲁滨逊经济中，是不存在的，给他们的工作支付的工资，就是交易成本。

当把交易成本定义为一切在克鲁索经济中没有的成本，组织被同样广义地定义为任何要求有看得见的手服务的活动安排时，就出现一个推论：所有的组织成本都是交易成本，反之亦然。这就是为什么过去20年间，经济学家总是竭力用变化的交易成本来解释各种组织结构形式的原因。"

方式转嫁给民营工商业集团,转嫁给大大小小的工匠、商人和企业主。于是,通过垄断和摊派这两种方式,官营工商业既侵占了民营工商业的发展空间,又削弱了他们的发展能力。

为了发展和自卫,民营工商业集团一直在努力收买和巴结帝国官员甚至皇帝本人,他们被迫在政治领域投入巨大的资金和精力,为本人和后代争取社会地位和政治保护。但帝国对民营工商业的正式保护并未超出牧人对羊群——地位低于农民的二等羊群——的保护,目的仍是获得尽可能多的羊肉羊皮。

在这种环境中生存的民营工商业,并不能发展为赋税的主要承担者,他们的盛衰对帝国并不那么重要。在和平环境中,他们要求的发展和扩张条件很难得到帝国官员的支持配合;在帝国的危机时期,民间工商业的少数幸存者,通常是一次又一次劝捐劝赈甚至无偿剥夺的对象,被当作缓解帝国财政危机的稻草而拉入泥潭。

欧洲存在着类似战国时期的暴力-财政实体林立的竞争环境,这限制了暴力赋敛集团为所欲为的能力,还为资本抽逃提供了去处。欧洲统治者的额外索取不能超过资本抽逃的费用,超出的部分,不得不以权力交换,否则就要影响自身的财政基础和政治稳定。退一步说,即使资本的存量部分抽逃困难,资本的增量部分也会望而却步,这就意味着自身财政基础逐渐被竞争对手超过,长此以往便有被淘汰吞并的危险。相比之下，中国的大一统帝国却不怕资本飞走，普天之下莫非王土，民间资本根本没有讨价还价不成之时退出的空间，只能被帝国按住脑袋萎缩在角落里。长此以往，当中国的农业型财政基础被远方的工商型财政基础超过之后，大一统帝国早晚要被版图小得多而暴力和生产力水平却高得多的新型竞争者打败。

在欧洲的封建割据环境里，在英格兰或荷兰那样独立半独立的政治实体中，局部强大的资本力量甚至有机会获得"主义"的地位。资产阶级可以向相对弱小的统治者购买城市自治权，也可以凭借自身的财力聘请雇佣军夺取或维护自治权，而资产阶级的封建对手却不得不在利害权衡中瞻前顾后，担心鹬蚌相争，渔翁得利。在这样的复杂环境中，资本有机会取得局部突破，摸索建立一套以自身利益为主导的控制暴力的机制，从而为资本的运行和积累创造出更适宜的政治条件：公正的司法，适度的税收，对贸易的保护，比较清廉的政府，尽可能低的交易费用等等。这种制度最终创造出专业化高效率的分工体系，形成强大的工业文明，在世界范围内为自己开辟生存和发展空间。

所谓资本主义制度，就是这样一个资本控制了暴力和劝说力的制度。这种制度有可能在欧洲产生，却很难在中国产生。比起中国来，农业文明时期的欧洲缺乏充分发育的暴力组织和官僚代理制度，那些小型暴力－财政实体在封建制度中星罗棋布，整个欧洲四分五裂，战争频繁。即使最强大的国家,也难以像中国那样动辄调集百万大军捍卫帝国的秩序。同时,欧洲的暴力财政—实体又缺乏与意识形态组织的成功整合,独立的教会削弱了国王的权威①,国王的权威又削弱了教会的势力。最后,欧洲还缺乏相对隔绝的单一文明和单一民族的地理区域,难以像中国那样建立并维持一个综合适应性极佳的大一统帝国制度。然而,正是由于这些缺陷,由于暴力和劝说控制体系中薄弱环节的存在,欧洲的乱世之失才给它带来了意外之得。

中国的资本并不缺乏控制政府制订法令的愿望,但是缺乏实现愿望的实力。在大一统的帝国制度下,尽管有苏州和景德镇那样的工商业高度发达的城市,资本的利益仍是帝国治下的一个局部的集团利益,其兴衰不过是帝国财政中一笔不难替代的数字。这样一个对帝国财政贡献有限的、在以农为本的社会里专营"末技"的、无力影响天下兴亡却要受天下兴亡拖累的局部集团的利益,距离"主义"的地位实在太遥远了。至于苏州城市"民变"那样的局部暴乱,

---

① 以大宪章诞生前夕的英国为例:1205年,英国国王约翰与教皇英诺森三世因坎特伯雷大主教的人选之争发生冲突。1208年,英诺森给英格兰和威尔士下了一道禁令,停止那里的一切宗教仪式,而且六年不予恢复。1209年约翰本人被革出教门。约翰本人和一般世俗社会对这一事态似乎都不放在心上,由于约翰对这一禁令的反应是没收教会的财产,这事倒的确有助于缓解他的财政困难。但是1212年一次诸侯密谋和菲利普横渡海峡的计划却使约翰认识到,被革出教门的国王特别容易招致叛乱和入侵。因而他决定与教会和解以便腾出手来对付更为危险的敌人。1213年5月他同意以英格兰为教皇的采邑,因而完全赢得英诺森的谅解并确保在未来的战斗中支持他。(参见肯尼思·O·摩根主编《牛津英国通史》,商务印书馆,1993年版,页143)

地方性武力便足以镇压,毫无动摇帝国秩序的可能。由此看来,发育完善、控制有力、整合良好、力量强大的帝国制度,又给中国带来了意外之失。

所谓意外得失,指的是在这样一个被儒家和天主教轻视的"末技"牟利集团背后,竟然隐藏着一种全新的足以改变世界面貌的强大力量,一种自发地在竞争中分工发育的文明体系。19世纪中叶,在欧洲千百个主权国的竞争环境中脱颖而出的胜利者,在比春秋战国更丰富多彩的环境中经过数十代人的试错淘汰脱颖而出的资本主义制度,在开辟自身发展空间的征途中闯入了清帝国的家门,为了合法销售毒品而对称雄两千余年的帝国制度大打出手。清帝国此时正处于传统王朝循环的尾声,人口膨胀,流民遍地,财政危机,官场臃肿,军队腐败,管理效率低下,因而一触即溃,既无招架之功,更无还手之力。

帝国的战败标志着一个历史性的转折:暴力赋敛集团直接控制下的暴力,敌不过福利生产集团控制下的暴力。暴力赋敛集团支配一切的社会形态,在生存竞争中丧失了最拿手的优势。

附 录

"潜规则概念之父"吴思：我发现这个词时，心中窃喜。

人权、天赋权利、自然权利、公民权利，这些常用概念都有平等的含义。同时，这个概念在西方人的心目中又占有首要地位，比权力更加显赫。

中国社会始终不平等，权力的大小，决定着权分的大小。官家之分必定大于良民之分，良民之分必定大于奴婢之分。

《新周刊》：潜规则十周年专访吴思

"潜规则概念之父"吴思：我发现这个词时，心中窃喜

为什么采访吴思？因为潜规则概念提出十周年了。

同为传媒人，我敬佩吴思。他采访历史，对视现实，是我们时代罕有的追问者。

拜访吴思，我视为一次"吃小灶"的机会。很遗憾，大家只能吃大灶了。

因为珍惜这个机会，也因为忐忑，还约了我的学弟十年砍柴一同采访，给我助阵。在此鸣谢。

封新城

"潜规则"提出十年了

封新城："潜规则"这个词第一次出现是在1998年吧？已经十周年了。

吴　思：这个我得回去查一下，差不多。没想到这么快，都十年了。你要不说还真是想不到。

封新城：我昨天在百度上搜"潜规则"，有一千六百多万的搜索量。

吴　思：出书的那一年，2001年，我也搜过，在一两百条徘徊了几个月，年底用谷歌搜，潜规则第一次超过六百条。

封新城：潜规则这个词是你提出来的，现在已经成了工具，大家都在用它去分析社会现实中的很多现象。可以说你是"潜规则之父"了。

吴　思：应该是"潜规则概念之父"。

封新城：那个时候发在哪个媒体上？

吴　思：发在一本文学杂志上，《上海文学》。有一个思想随笔的栏目。

封新城：发表这篇文章时，没有像现在出书一样热？

吴　思：没有。《上海文学》跟那时所有文学杂志一样，发行量不大，那时文学已经边缘化了。有一次我和他们的特约编辑梁晓燕在一块儿吃饭，跟她说起我读史看到了一些有意思的事，说起朱元璋，就说当时挣多少钱，工资是多少，把银子换算成人民币是多少。她说你先别说，回去就把这个写成一篇文章。我回去花了大约一个礼拜就写完了。那篇文章很好写，就是算算明朝的官员挣多少钱，再在前面安一个头儿，把话题引起来。文章开头有一个争论，一个大臣跟崇祯皇帝说，就这么点钱，不是天生不是地长，你说这钱从哪来？这么点钱到处都要用根本不够，不贪怎么行？结果是皇帝要大臣揭发那个贿赂他的人，那个大臣宁可丢了官也没供出那个人来。我就从这个故事说明"做个贪官的正当性"，把这笔账算了出来。

封新城：2004 年我们将您评为年度"知道分子"，颁奖词是"你在历史上写下现实的眉批"。

吴　思：以前老觉得说不清楚历史上的事情。正着说、反着说，总是觉得表达得不到位、不准确，有什么东西没说透。现在用潜规则的概念来说，在规则之外还有一个潜规则。

封新城：你这个是 21 世纪第一词。

吴　思：对我个人，从1974年开始，就憋着东西说不出来了，就是知道有个东西，但表达不好；然后到1984年有一个笨拙的表达，是没有被接受的表达；到了1997年是一个弱势的表达，在一个边缘的题材之中，然后一直到表达出这个词，我清楚了，我明白了。这是一个过程。

十年砍柴：我想问一下，是不是你个人的人生经历，这个小世界和中国的大历史结合在一起，碰撞出来这个东西？小的人生坐标和大的历史坐标如果不碰到一起，就不可能成功。如果仅仅坐在书斋里，看明史、考据，这都碰撞不出来。以前我看过您的《我的极左经历》，你70年代学工，《极左经历》说的是学农，后来当知青，再后来又当记者。

吴　思：对，比如说作为一个管理者，当生产队长，当大队副书记，去管农民的时候，包括你跟人家去耍横，人家也跟你耍横，你都知道潜规则运作起来，最后在每个细节上会怎么展开，怎么让对方没法办，最后认账、低头，遵循你的这个东西，你全都能够设身处地地、一个细节不落地在你看史书的时候复原出来。

十年砍柴：你是个特别典型。1974年你接触的是工人，后来你去当记者，剖析的是官员，中国的社会不就是这几个角色吗？

封新城：这挺有趣的，你们出来都是做记者，我也是。

现实中的传媒人去治史,有优势吧?

吴　思: 我觉得有。比如说你要采访一个行业,不管一个话题、一个行业、一个领域,一般来说一个礼拜就够了。写出来的东西都是专家意见,人家看了都觉得,是这么回事儿,肯定不能说你是外行,因为你都是跟这个行业内最熟悉情况的人在谈。这样干多了自然就形成一个记者的自信。我进入任何一个领域,花十天半个月,我能知道个大概;要花一年两年呢,肯定更不一样。你完全有自信:我跟专家差不多。因为你经常十天半个月就把精华给领悟过来,你已经不是外行了。于是你用这个方法去读史、写史,你也知道,你写这些专家的话,写出来,你不也跟专家似的?你就用这种心态去采访历史,采访历史人物,那一个个不都是人吗?他说他这辈子怎么过的,你事先就有了一个问题,有了一个采访的话题,有了一个读者肯定感兴趣的、想看的新闻,然后你去采访谁谁谁,然后写出来,特好看。

封新城: 这个比喻挺生动啊。

十年砍柴: 实际上说白了就是狗鼻子。当一个成功的记者就是要有嗅觉,大家说一千句话,你知道哪句话有价值,就跟公安破案一样,也是要找证据——在一大堆史料里面,突然觉得哪个话题可能会触到大家的痒痒肉。

封新城: 反向来说,书斋中治史的专家们岂不是有问题?

吴　思：他们那是另外一个路子。比如说一个学术框架搭起来了，二层楼建起来了，在二层楼的柱子上再建三层楼。他是缺什么弄什么。比如说熟悉的像历史唯物主义框架，生产力这一段，清朝的政治研究完了，清朝的农业研究完了，工业还没呢，商业还没呢，生产关系相应的还没呢。清朝完了还有汉唐、宋元明，等等。就顺着这些缺什么补什么，有那么一套路数。

封新城：那么这个路数的人对你们这种治史的方法有微辞吗？

吴　思：我没听到人家有微辞。

十年砍柴：我觉得吴老师对我们这些写史的人来说，最大的一个贡献就是树立了标杆；另外一个就是给我们指明了一条什么样的路，就是无论职业是什么，只要我这个事，就应该在方法上、在史料上，不应该有什么业余的、专业的、民间的差别。这个对我们的启发特别大。

吴　思：就刚才说的治史的路子，就是学院派的，按照一个框架走。业余的心态呢，首先我们不管这个框架，比如记者管的是兴趣，新闻价值就是读者的兴趣，从这里出发，即使做的是同一个东西，你揪的也是离读者更近的东西，表达的也是读者市场的角度，这是一个优势。第二个优势就是写得好看，言而无文，其行不远。学术框架本身离读者就远,表达起来又有点涩,有点给专家学者看的那个路数,有这两个劣势。而这两个劣势恰恰是业余的两个优势。由于有这个优势,渐渐地这倒可能成了主流了,人们都觉得,"这个省事儿啊,这个容易成功,那我们就干这个了"。

发现潜规则,不是无奈,是更好办了

封新城: 我用个很文学的描述,就是:现实的一端还是历史的一端更让你揪心呢?

吴　思: 你要说揪心肯定是现实揪心,因为是跟你利害关系大。古人的你都知道后边什么结果嘛,揪心也揪不起来,没悬念了。可能最重要的是我已经把历史和现实的差别给抹掉了。你说这是现实吗? 它就是历史啊! 历史的核心结构和现实的核心结构是一样的。在这个意义上历史和现实是没有差别的,我研究历史实际上也是研究现实;反过来研究现实,你知道它是怎么来的,你也在研究历史。中国历史,中国社会这么大,就说潜规则相关的核心结构,现在,十年前,一百年前,一千年前,完全可以拿过来,互相对换,没什么变化;这时候的研究你再强调历史和现实的差别,都显得多余。今天的事可以发生在一千年前,两千年前的事也可以发生在今天。

封新城: 你们研究历史常常会有这种感觉吗——就是

看着现实,有一种发笑的感觉,或者说是更无奈,比我们常人更无奈?

吴　思:说不上发笑。你能看到后边有什么结果,就能看得远一点儿。比如说黑砖窑,他们问到我了,我就说,清朝也有啊,清朝是黑煤窑,水蛤蟆,都是把良民给抓进去,不敢跑,敢跑就打,跟那个黑砖窑差不多;当年也是从上到下的监督,领导带队普查,而且比现在处理得还重,但过了上百年仍然不绝。在空间上,你也敢说绝对不只是山西有。我就点了几个省的名字,后来一看,果然就有,而且时间上也将得到证明,不会就这么几年,用现在这种办法打击也不可能灭绝。

十年砍柴:前两天河北也有一个,也是黑砖窑,河北,临西县,等于是把刚解救的,又送回了黑砖窑。

吴　思:对,这些事儿你看历史的感觉就是,看一个现代事,如果在历史上你能找到前身,就能更好地预测过十年、二十年它会是什么样子。历史已经证明这一点了。

封新城:当年鲁迅说狂人发现书上全是"吃人"两个字的时候,我不知道该怎么样描述他的心情,文学点儿说可能是绝望,就是他看透了。发现潜规则,你心情会更灰一点儿吗?

吴　思:我心中窃喜啊!我找到它了!这是第一个感

觉。另外就是把东西说透了,其实它不是无奈,而是更好办了。一说透了,你就好分析了,你就别拿那大话、虚话糊弄我。要害就摆在那儿了。

十年砍柴:就像吴老师刚才说的,可能生态没有变,但是可以给你不断地换名词。比如说黑砖窑,它根本上就没有变,为了和古代区别开来,叫资本的罪恶,叫投资;有的人就是一定要有意识地把它和明清同类的事件换一个标签,觉得不一样。这也就是吴先生的潜规则让有的人感到不痛快的根本原因。

封新城:我相信你们都知道中国人的消化能力。那个穴位你点到了,但大家又都能消化掉,消解掉。这不是一个更可怕的事情吗?

吴　思:我觉得已经有一点不一样了,就是这些事之前你可以说不正之风等等一系列的话,就是刚才说的那一堆词儿;但那是什么风啊?让我们怎么捕风捉影对付它呀?它其实就是一种权力结构的方式。无非是有那么一拨人掌握了合法伤害权,欺负另外一边,而另外一边反抗成本太高,那我只有认账了——行,就按你说的来吧,多交点儿就多交点儿,多上点贡就上点贡。这不就潜规则出来了?很简单,用不着捕风捉影讲那些虚的。

封新城:我们当时给你的颁奖词里少了一句,其实你是第一时评人,21世纪第一时评。我觉得这帽子不算大。

十年砍柴:解读历史,要先把钥匙找到。现在包括理论界,所谓的社会科学家,不知花多少钱。这些钱搞那么多课题,拨那么多经费干什么?说白了就是在演魔术,演障眼法。所有的功能都是这样的,无非就是说我们过去的是封建思想、是遗毒。

吴 思:你说的遗毒这个词,过去也用来表示潜规则。遗毒,不正之风,按照更学术的话语,甚至还有鲁迅先生说过的"国民性",反正就这些东西,都能给你说得云山雾罩。国民性怎么回事?一说能把人吓着,真复杂。

中国的历史,就是权分的变迁史

封新城:FT中文网有篇文章,刘再复写的,标题很耸动,叫"谁是最可怜的中国人?"他对目前的孔子热现象做了一个观察。你们关注吗?

吴 思:这篇文章没有读过,孔子热当然会关注。但是说孔子是最可怜的中国人,恐怕还要看从哪个角度说。

李零说孔子是丧家狗,孔子自己也认账,我觉得也是这样。关键你看孔子在历史上干了什么。他,还有后来的孟子,一直在游说各个暴力集团的首领。那会儿暴力集团可是赤裸裸的暴力集团,连一点礼义都不讲,就是公然宣称,我要多收税,寡人好财,寡人好色,就直接这么说,我怎么能去行仁义呢？那个暴力集团真是土匪般的。孔孟去跟这样的人对话，对话的核心是，你们要仁，要有同情心。你说他的命运会怎么样？

孔子是最倒霉的人吗？是最可怜的人吗？孔子想干的事一件也没干成，孔子是最反对用暴力的，整个儒家都有这个意思，要仁，要有同情心；当然我也充分尊重你的权利，你打天下也不容易，我们也尊重。在前一个意义上，孔子一生不得志，他的后代也没怎么得志。但是孔子充分尊重了大人的利益，主张君君臣臣父父子子，因此又被人家抬到大成至圣文宣王的位置上。他的折中，使得双方都得了好处，从这个角度来说，他又是最走运的人。

能使双方得到好处，反过来说，也能使双方都得到坏处。孔子不得势，因为他要约束统治者，想给统治者套上笼头，尽管是用松紧带做的笼头。他的后代、后学，想给人家套个硬皮条做的真笼头，立刻就有性命之忧，所以也不得势。从这个不得势的角度来看，从上也不讨好。从下面来说，我们曾经批判孔老二为统治阶级服务，麻痹人民，欺骗人民，对下也不讨好。

于是两头都不讨好，同时又两头都可以讨好。看你强调哪一头。你强调两头都讨好，那你是大走运的一个——你何德何能？几句大白话，说要讲理，说不要杀人，他就成了中国的圣人，一圣就是两千多年，他真是太走运了！反过来你要强调两头都不讨好，也可以说他是最倒霉的人。刘再复的文章可能强调了他的那一面,当然他还存在着另外一面,我觉得他要是两方面都合起来,就完整了。

封新城:现在说孔这么热闹,是一种什么样的现实需求?

十年砍柴:我觉得是几千年的道统。孔子是这几千年来我们的一个道统的源头,一讲合法性,一讲道统,就讲孔子,所以说一旦谈到道统之争,孔子肯定是个尖锐人物。

吴　思:找道统的话,你要有点民族自信,就能找到。现在的问题是,你怎么接孔孟?就是这么一个庞杂的、巨大的体系,你取什么?我刚才说孔子就是一个"血酬定律"的坚决反对者,元规则——"暴力最强者说了算"的坚决反对者,这就是一种解释;你说孔子是统治者的最大的帮凶,但他又是最大的限制者,两种说法都行。

十年砍柴:薛涌最近出了本书,他认为孔子的仁义是权利之约,他讲的是一种文化意图。

吴　思:的确在现实生活中,每个阶层,每个集团,每个个人,他的权利的面积是在变化的。在变迁中,你能看出博弈双方的兴衰。西方说他们的公民的自由是天赋人权,是天降的,比如说上来就是十平方米,上帝就给你这么多,一点不增,一点不减,一直不变,政府就要保护这个。按照那个思路重新解读孔子,你就会发现,十平方米其实是可变的,一直就在变,在哪个时代,在什么条件下就是一平方米,什么条件是五平方米，什么条件是八平方米，你能给他算成一个连续的过程，而且这个过程中有很多可计算的博弈双方的利害关系。这个计算的路数，我觉得就比天赋人权要合理得多，更有历史纵深感，而且更可信。你说天赋人权，天在哪儿？怎么赋的？你追问几下，那个问题就变成了一个信仰。

十年砍柴：信仰是不需要论证的，别的需要论证，信仰不需要。

吴　思：对，这是不言自明的。中国的这些事可不是不言自明的。关键要打通几个重要概念，就是当代西方，不管是个人主义、自由主义，还是西方宪政民主的核心概念——公民权利，还有自由，权利，要跟中国古代的概念接轨。我说的接轨的词就是"分"，本分，名分，你的名分就是十平米，臣民，他的名分是皇上，一百平米，但是你得守你的边界，你得各守本分。

十年砍柴：孔子说的各安其分实际上就是说，一种秩序，他说的秩序不是平等的，但是一种和谐的秩序。和谐是说该得多的得多，该得少的得少，你得百分之十的不要去嫉妒别人百分之九十的。他讲的是这种差距格局，是大家都认可的格局。

吴　思：对。咱们来说古今中外如何接通。中国古代，说名分，本分，不能犯分，不能越分，这些名分有大有小，合起来就是礼义结构。名分、礼义就是不同角度,在谈同一个东西,都是各种权利构成的体系。

在西方自由主义和个人主义那里,权利最大,分最大,然后对这个说法又有一个合法性、正当性的论证,上帝给的,天赋人权等等。到朱熹那儿也有论证,也求助于天,什么是天理,什么叫仁义等等。比如说你是县级干部,你的午餐标准就是四菜一汤,这就是天理;五菜一汤,多的那一个菜,那叫人欲。这个区分很好,不是说我好色,我贪吃,就是人欲,是你该吃的那一份,恰到好处,这就是天理;超出来的,多的那一份,那才叫人欲。天理人欲得到了这么好的区分,相应的他会从天理这个层面上支持你这个分。你如果注意这个分等于权利、公民权,你就看,哎哟,这个论证很好,这个论证的思路很精彩,而且在中国历史上能得到各色人等的认账和支持。宋代发展出两种合法性或正当性的论证方式,一种向外走向天理,一种向内走向良知。我们的传统有不少好东西,一旦与当代接通了,我们就可以老根发新枝,很有历史厚度地茁壮成长。

我就想用一个字把古今中外的这个核心概念打通,打通的关键,就是"right"这个词怎么翻译。这个词的翻译只要接上了中国的传统,马上中西方就通了。那怎么翻译呢?现在译成权利,是晚清美国传教士丁韪良翻译的,他后来当了京师大学堂总教习,相当于北大的副校长。严复当时就说译得不好,以霸译王,你看看,"权"多霸道,"利"多霸道,

"right"那个词带着正义感，把这么一个正义的、正当的、应得的东西，译成权，还有利，这两种东西，把那正当的意思弄丢了。"right"本来不就是"正确"吗？我们打一个对勾，不就是"right"的简写吗？这全都给译丢了，严复说应该译成直，直截了当的直，对，理直气壮。或者译成"民直"。你说说看，这词多拗口啊，人们不接受，没流传开来，包括严复自己写文章都要用"权利"。但这个词又跟"权力"那个词，也就是"power"，在发音上完全一样。丁韪良自己也觉得"权利"这个译名不好，他为自己辩护说，新的学问进来，很难用一个老词对应上，不得不造一个新的。其实，他解释说，权利所指的就是个人应得之分。他在给自己辩护的时候用了"分"，可是译的时候却没用这个"分"字。如果咱们替他补救一下，换个译法，译做"权分"，这就具备正当性的感觉了。是该我得的，那就是我的分，你可以大喊：这是我的分！充满了正当性。

这么一来，这个"权分"的译法一改，你就发现中国的历史，完全可以看作权分的变迁史，你看《资治通鉴》的开篇，第一段，说的是三家分晋，然后周天子承认"犯分"的合法性，他用的就是"分"这个字。你发现，中国史学传统的核心原来是对"名分"变迁的分析。周天子承认三家分晋合法，封三家犯分的大夫为诸侯，这就意味着，与权分相关的意识形态，在那个时刻改了。司马光认为这是一个重大的历史事件，而这个重大的历史事件最核心的利益变化，就是权分的重新划分。每个朝代都在做这个事情。你看,中国史学并不肤浅。一旦你意识到这个观察角度,二十四史就不是满本的帝王将相家谱了,而是权分变迁史,还有非常精妙的辨析。

封新城:你就专门写一本有关分的书,不是挺好吗?

吴思:我写了篇文章,题目就叫做《洋人的权利,我们的分》。总之,我觉得接通道统或继承传统这个问题的关键环节就是,来自西方的观念体系跟中国的过去怎么对接。

潜规则这种现象会逐步萎缩,但近期不会消失

封新城:在潜规则这个话题上你还会有进一步的文章出现吗?

吴思:在《潜规则》那本书出了以后,还有进一步的东西,一个是说,什么东西决定潜规则的面积扩张或者是缩小,我说的是合法伤害权。合法伤害权又来自哪里呢?来自暴力集团,暴力集团的成本和收益要用血酬定律来计算。暴力集团他们与规则有什么关系呢?暴力最强者可以立法定规,于是又说了个"元规则"。元规则就是决定规则的规则,暴力最强者说了算,就是中国历史上的元规则。

另外一步进展,又是一个新概念——抱歉,我老杜撰新词,杜撰新词很讨厌,你每次都得跟人家解释,你用起来人

家都不懂，但是不杜撰你又没法办。我杜撰那个新词叫官家主义。从潜规则和元规则、血酬定律的角度看中国历史，可以看到一些新景象，官家主义就是我对这幅包含新景象的社会体系的称呼，我认为秦汉以来的中国社会就是官家主义社会。

这是我出完那本书之后，又往前走的几步，以后还能往哪儿走我不知道。

封新城：你做潜规则的解释时有一个限定——中国社会，那你这本书有没有翻译成英文呢？

吴　思：没有，翻译成韩文了。

封新城：那最准确的英文译法呢？

吴　思：他们有两种译法，经常看到有"Hidden Rules"就是藏起来的规矩。

封新城：藏起来的规矩，这翻译回汉语又没有那个味道了。西方有潜规则吗？

吴　思：我看赫尔岑写的《往事与回想》，他生活那个时代，19世纪中的俄国社会，就跟中国明清差不多，比中国明清还野蛮一点，还赤裸裸一点，但仍然是大规模的贪污，徇私枉法，充满这类的事。

封新城：再往前看，你觉得潜规则会不会消失，或者会怎么变？

吴 思：二三十年之内，在中国，潜规则这种现象不会消失，然而会逐步萎缩。我说的萎缩是在有了宪政和民主的条件之下，它会逐步萎缩。但萎缩了十年八年之后，比如说在中国台湾，在台湾《潜规则》卖了将近三万册，人均密度比内地还要高。台湾那个社会的潜规则已经没内地厉害了，它尚且能卖那么多，我看在中国二三十年之内，这个现象和这个概念，就是需要把它当作工具来用的迫切性，需要的强度，不会大幅度衰竭。再往后我就不知道了。

封新城：3月1日我们要做一个专题，想请教你们。现在网络在中国的作用不是很大吗？我们假设人大期间，人大代表是一千个，那我们想做一个"网民——第一千〇一个人大代表"这么一个封面专题。

吴 思：挺有想象力的，现在网民的影响也挺大的。这一个可能顶人家一百个。

封新城：你是我们评的第二届"知道分子"，2007年我们评的是李子勋，他是一个心理学家，我在今年第一期有一个他的访谈——怪了！本来是一个心理学家说心理的事儿，非常奇怪的是采访的过程中他一下把方向给转了，他谈国家，谈国家的运势，国家的心理。其中有一个言论，看你们怎么看——他说中国这几百年的落后，其实对全球而言隐藏了一种和谐，说总要有人来扮拖后腿的角色，而现在钟摆摆向了东方。

吴　思：是这么说的吗？这种东西是难以证实的一个说法，我不会从这个角度去看问题，这个太玄了。中国的命运真能这么研究吗？上帝或者是天道或者是时运决定中国来扮演一个拖后腿的角色，然后风水轮流转，现在该美国拖后腿了。历史不是这么走的。说着玩可以，但是你要讲清楚历史怎么走的，中国为什么拖后腿，就要详细说他内部怎么互相掐架。后来中国财富的迅速膨胀，和随之的国运上升，国势的上涨，几乎在每一个环节上都能计算出来的，都能把它变成一块一块的人民币，变成一个一个的美元，这都能算出来。美国已经发展到这一步，它要创新，要再往前走一步都很难，而反过来，中国的便宜劳动力的竞争把他们大量的就业机会夺过来，造成了那边一些失业的增加，当然这也把他们逼到更高科技的端口上去。这双方的对比和经济实力的转化，都是可以一分钱一分钱算的。但是，你如果说时运，那时运又该如何解释呢？这不是更复杂更玄虚了吗？所以我觉得，那个说法很好玩，但是搞历史的不会那么说。

（录音整理/王丹）

吴思《洋人的"权利",我们的"分"》(提要)

"right"译错了！它更好的译名应该是"权分"

"right"的各种译名：

"一种正当或合法的要求——拥有或获得某物,或以特定的方式行为举止。"(《牛津高阶英汉双解词典》)

1839年,林则徐的翻译袁德辉选择了"道理"。

1862年,美国传教士丁韪良选择了"权"。有时觉得不确切,便添上"利"字,造了一个新词:"权利"。

1870年前后(明治初期),日本人也选用两个汉字,造了一个新词:"权理"。(李贵连,1998)

1933年,胡适也选用两个汉字,造了一个新词:"义权。"胡适说:"其实'权利'的本义只是一个人所应有,其正确的翻译应该是'义权'。"

"权利"二字联用,无论在字面上,还是在古人已有的用法中,都没有仁义的影子。人家在欧美老家原本是"一种正当或合法的要求",到了中国,竟换成满脸的权势和利益。

权分与历史纵深

"right"译错了！它更好的译名应该是"权分"。

从思想史的角度看,最大的问题在于:"权利"这个译名截断了历史传统,好像这东西纯属洋货。试想,如果我们以"分"字接续传统,以"权"字照应一百多年来围绕"权利"形成的人权、产权、选举权等表达方式,用"权分"译 right,用"义分"或仍用"义务"译 duty,那么,不仅可以清除"以霸译王"的余味,摆脱"权利"与"权力"的音义纠缠,更重要的是,一片宽广深厚的经验世界将展现在我们面前。

司马光《资治通鉴》中分析说:"臣闻天子之职莫大于礼,礼莫大于分,分莫大于名……"

可见,无论在历史记载中,还是在圣贤典籍中,都储存了丰富的关于权分变迁的理论和经验。我们可以看到不同的人有不同的分,君有君分,臣有臣分,主有主分,奴有奴分,固然从未平等过,但边际变化也从未停止。人们动用各种手段扩张自己的分,限制别人的分,贵者维护差别,贱者追求平等,每一寸的变迁都伴随着相应的成本和收益计算。如此争斗数千年,留下了复杂的演变轨迹。

在经济活动中,我们的先民也经常用"分"字规定彼此的权利义务。

既然权分不是西洋独有的,也不是天上掉下来的,而是各个社会集团长期博弈的结果,我们就得到了一个有历史厚度的概念。一个"分"字,接通了我们祖先以数千年血汗积累的知识和经验。

人权、天赋权利、自然权利、公民权利,这些常用概念都有平等的含义。同时,这个概念在西方人的心目中又占有首要地位,比权力更加显赫的地位。

中国社会始终不平等,权力的大小,决定着权分的大小。官家之分必定大于良民之分,良民之分必定大于奴婢之分。区别尊卑贵贱既正当又合法,无君无父属于大逆不道。我们传统的茶杯,也对应着"分"这个盖子。近百年来,打倒了皇帝,又砸了孔家店,家天下变成了官天下,茶杯和盖子都有变化,但核心结构依旧稳固。

图书在版编目(CIP)数据

潜规则:中国历史中的真实游戏.修订版/吴思著.—上海:复旦大学出版社,
2009.2(2024.4重印)
ISBN 978-7-309-06366-0

Ⅰ.潜… Ⅱ.吴… Ⅲ.①随笔-作品集-中国-当代②散文-作品集-中国-当代 Ⅳ.I267

中国版本图书馆 CIP 数据核字(2008)第 172147 号

潜规则:中国历史中的真实游戏(修订版)
吴　思　著
责任编辑/李又顺

复旦大学出版社有限公司出版发行
上海市国权路 579 号　邮编:200433
网址:fupnet@fudanpress.com　http://www.fudanpress.com
门市零售:86-21-65102580　团体订购:86-21-65104505
出版部电话:86-21-65642845
常熟市华顺印刷有限公司

开本 700 毫米×1000 毫米　1/16　印张 18　字数 166 千字
2009 年 2 月第 1 版
2024 年 4 月第 1 版第 32 次印刷

ISBN 978-7-309-06366-0/I·464
定价:58.00 元

如有印装质量问题,请向复旦大学出版社有限公司出版部调换。
版权所有　　侵权必究